家康（四）
甲州征伐

安部龍太郎

幻冬舎時代小説文庫

家康（四）

甲州征伐

第三巻までのあらすじ

三方ヶ原での大敗。己の未熟さを痛感した三十一歳の家康だったが、身を挺して守ってくれた家臣のために奮起する。そこに舞い込んだ信玄死去の報。三年に及ぶ周到な準備の末、長篠の決戦で勝利を手繰り寄せる。

一方、西欧諸国の脅威が迫る中、家康は信長と天下布武への道をひた走る。

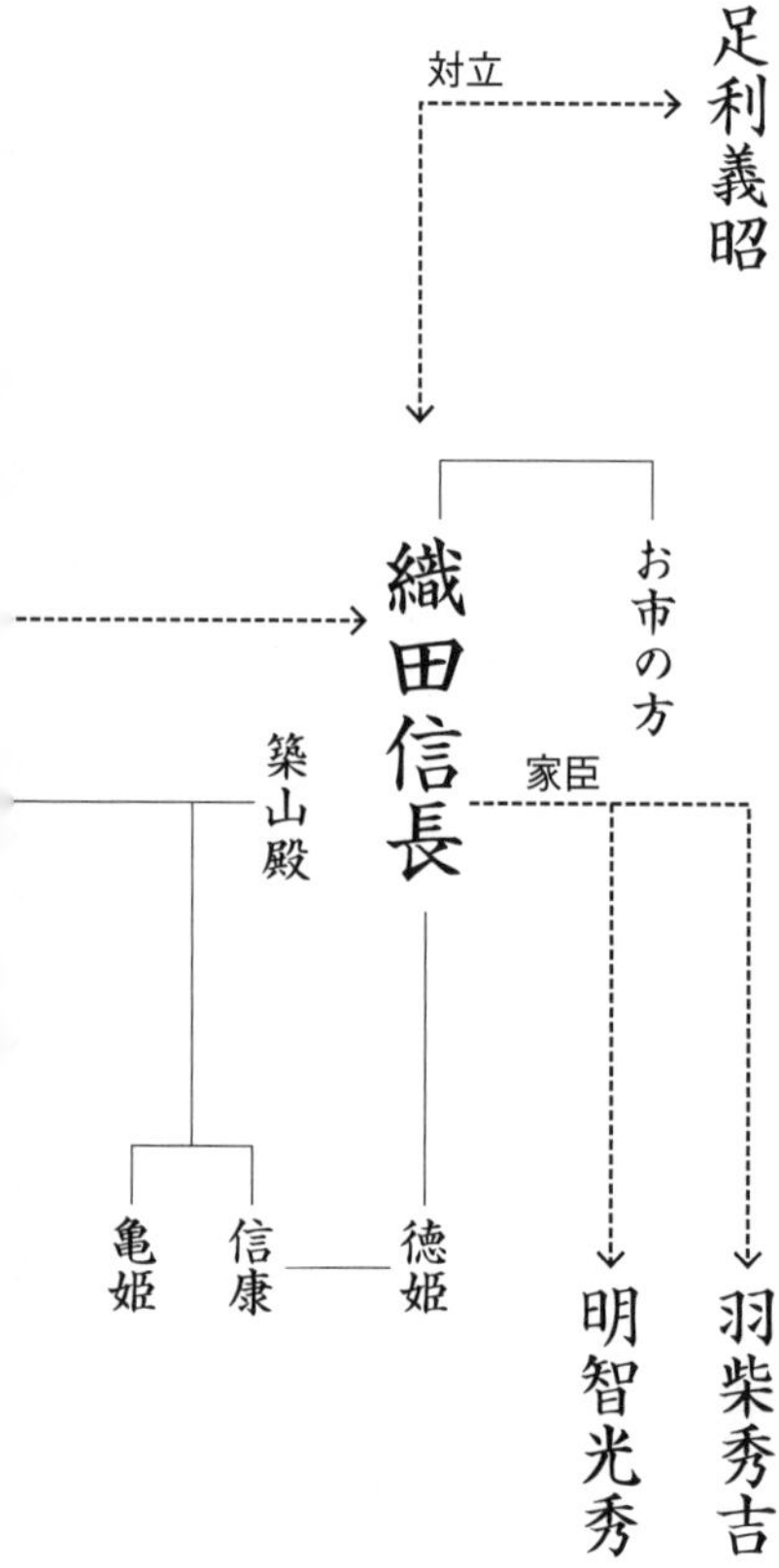

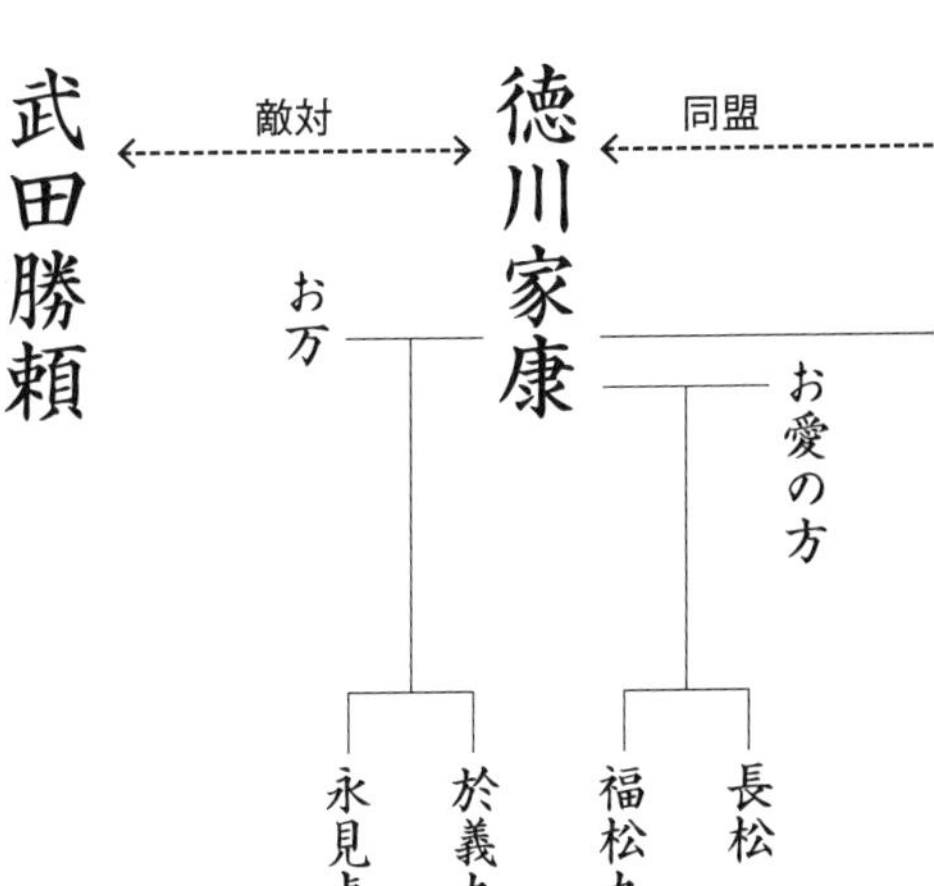

家康重臣

酒井忠次　石川数正　本多正信　平岩親吉　鳥居元忠

松平康忠　服部半蔵　本多忠勝　榊原康政

目次

第一章

遠州出陣

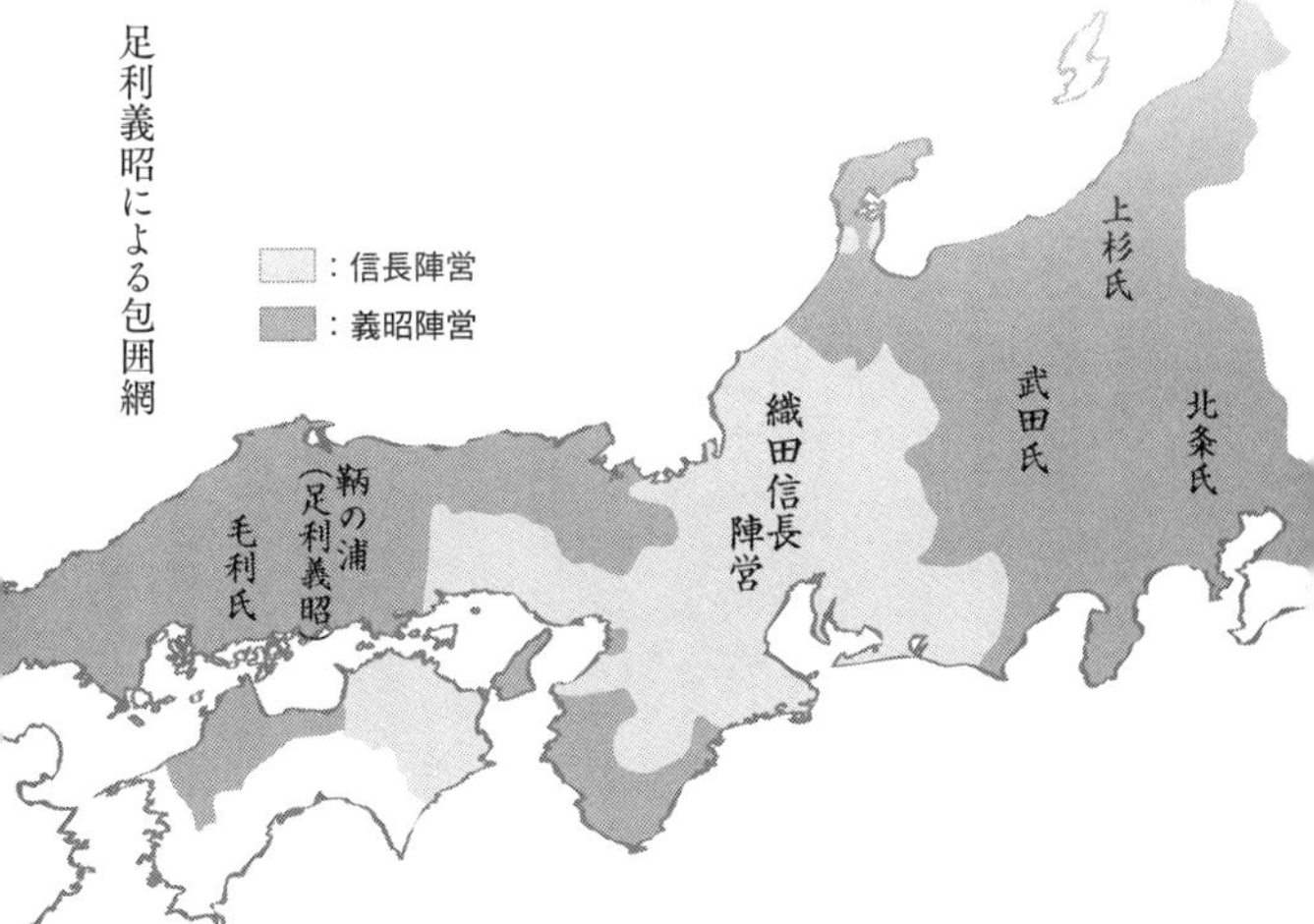

足利義昭による包囲網

天正四年（一五七六）、徳川三河守家康は三十五歳になった。

心技体、ともに充実した働き盛りである。

昨年五月の長篠の戦いに大勝した立役者で、その名は天下にとどろいている。

水野信元を自刃させたのは痛恨事だったが、結果的にはこの決断が功を奏した。

知多半島を佐久間信盛に与えて織田家の勢力圏に組み込んだ信長は、岡崎城に目付として送り込んだ佐久間盛次を引き上げさせたからだ。

以後は三河の差配も家康に任されることになり、長篠の戦い以前の状態にもどることができた。

（つまりあの戦いに勝った時から、上様は伯父上を潰すお考えだったのだ）

だから家康から三河を取り上げて信康に与え、水野家の取り潰しに反対できないようにしたのである。

家康はその事実を突きつけられ、肝が冷える思いをした。

目的のためなら長年の功臣でも平然と切り捨てる信長のやり方に、疑問と憤りも抱いていた。

だが信長はそんな家康の思いなど委細構わず、次々と天下取りのための手を打っていった。

昨年末には岐阜城と尾張、美濃を嫡男信忠にゆずり、この年二月二十三日に近江の安土城に居を移した。

安土城は一月から築城にかかったばかりで、まだ天主閣や本丸御殿、石垣もできていないが、信長は二の丸に仮設した御殿に移って畿内制圧の指揮にあたったのだった。

昨年家康が岐阜城をたずねた時、信長は「あと七年で天下を統一し、二十年後には海外に進出する」と明言した。

そうしなければ日本はポルトガルやスペインの植民地にされるという強い危機感を抱いていたからだが、着工間もない安土城に移った理由はこればかりではなかった。

信長の喫緊の課題は、この年二月八日に紀州から備後の鞆の浦に移った将軍足利義昭に備えることだった。

義昭は近臣や奉公衆を従えて鞆の浦に入港し、毛利輝元、吉川元春、小早川隆景に書を送って支援を要請した。

毛利家はこれまで信長と正面から対立することを避けていたが、このままでは信長に制圧されるという危機感を強め、この要請に応じた。

そのため天下の争乱は、安土城の信長と鞆の浦の義昭の対立という、まったく新しい局面に突入したのである。

しかも義昭は新たな信長包囲網を築こうと、武田勝頼、北条氏政、上杉謙信に調略の手を伸ばしている。

彼らがどう動くかを見極めなければ、この先の方針も立てがたい。

そこで家康は諜報活動を強化することにした。

武田、北条、上杉の動向については伊賀の服部半蔵に、畿内や鞆の浦の動きについては甲賀の伴与七郎に探らせることにした。

「どんな小さな事でもよい。十日に一度は使者を立てて、つぶさに報告してくれ。銭と人はいくら使っても構わぬ。わしの目と耳になって天下の動きを見極めてくれ」

二人を浜松城に呼び、当座の手当として金五百両（約四千万円）を与えた。

次に今川氏真と会い、牧野城（諏訪原城）に移って駿河侵攻の指揮をとるように頼んだ。

「私に戦働きをせよとおおせですか」

氏真は怪訝な顔をした。

家康より四つ歳上。三十九歳になる。

家康を頼って浜松城で暮らすようになってからは、好きな蹴鞠や和歌に興じる日々を過ごしている。

時には家康に頼まれて都の公家や寺社に使者としておもむくことはあったが、戦とは無縁のおだやかな生活を送ってきたのだった。

「掛川城を明け渡していただいた時、やがて駿河を武田から奪い返し、今川さまにお渡し申し上げると約束いたしました。今こそその好機ゆえ、陣頭に立って指揮をとっていただきたいのでございます」

「しかし私は、頼るべき武将も軍勢も持っておりません。陣頭に立てと言われても」

「牧野城にはしかるべき者を供につけます。掛川城の石川家成にも背後から支援させますので、今川家の威を示していただきたい」

家康は遠江と駿河の絵図を広げ、今後の作戦目標を語った。

「武田は東海道ぞいに田中城（藤枝市）、丸子城を構えております。また海ぞいには小山城（榛原郡吉田町）、滝境城、相良城を並べて高天神城へのつなぎとしております。田中城と小山城を攻め落とせば、陸からも海からも高天神城への補給ができなくなり、敵は遠江から撤退せざるを得なくなります」

それだけ重要な拠点だけに、武田方も田中城には依田信蕃や山県昌満（昌景の嫡男）、小山城には岡部元信を入れて守りを固めていた。

「今川さまは岡部元信どのを覚えておられますか」

「もちろん覚えています。桶狭間の敗戦の後も鳴海城を守り抜き、織田から父の御首を奪い返してくれた忠勇の士です」

「あの方は今、小山城の城主をつとめておられますが、今川さまが駿河に返り咲かれるとなれば、武田を見限って身方に参じるかもしれません。また掛川城を預かっておられた朝比奈泰朝どのは、北条家に身を寄せておられると聞きましたので、あのお方を召し返して股肱の臣となされるがよろしいと存じます」

家康はきわめて婉曲な言い回しをしたが、氏真を牧野城に入れる目的は、武田に従っている今川旧臣を離反させることにあった。

それに朝比奈泰朝が帰参するなら、泰朝を庇護している北条家を身方にできる可能性もあった。

「そのように都合良く事が運ぶとは思えませんが、どうしても行かなければなりませんか」

「駿河を取りもどせるかどうかの瀬戸際でございます。何とぞご尽力をいただきたい」

「私はもう駿河に返り咲きたいなどとは思っておりません。風雅の道に生きられるなら、その方が自分らしい生き方だと思っております」

「それでは、牧野城へは」

「行きたくはありませんが、今日まで気ままに過ごすことができたのは徳川どののお陰です。ご恩返しはさせていただきます」

氏真は仕方なく承知し、三月中旬に大井川西側の丘陵にある牧野城に入ることになった。

家康は松平家忠と松平康親を同行させることにし、三月十七日付の書状で以後の対応を指示している。

その中に「敵地から身方になりたいと申し出てきた者があったなら、二人で吟味（ぎんみ）した上で許可するように」という意味の一文がある。このことが氏真を使う目的を明確に示している。

その数日後、岡崎（おかざき）城から急使が来た。

信康の妻徳（とく）姫が、女の子（後の登久（とく）姫）を出産したという。

「さようか。女子（おなご）であったか」

孫ができたという感慨はあまりない。男であったなら良かったという残念さがあって、素直に喜べないのだった。

三月末には伴与七郎の配下が、畿内の状況を報告に来た。

「大坂本願寺（おおさかほんがんじ）は信長公との和議を廃し、鞆の浦の将軍と手を結ぶようでございます」

大坂と鞆の浦の間を、交渉のための船がしきりに往来しているという。

「このことはすでに信長公もご存じで、本願寺攻めの陣立てを命じておられます」

その知らせは四月十四日に現実になった。

信長は七万余の大軍を動かして大坂本願寺を包囲し、攻撃を開始したのである。

五月初めには自ら河内若江城から出陣し、一向一揆勢を破って本願寺に迫った。

そうして各所に陣城を築いて寺を封鎖し、兵糧、弾薬を断つ作戦をとった。

ところがそれから二ヵ月後の七月十三日、毛利家は毛利水軍の船千艘ちかくを動かし、木津川河口の守備についていた信長方の水軍を打ち破り、兵糧と弾薬の搬入に成功した。

信長の水軍は大安宅船十艘、警固船三百艘という陣容だったが、瀬戸内海を熟知している毛利水軍の小早船は変幻自在の動きをし、炮烙玉（火薬を詰めた手投げ弾）を投げ入れて船を焼き払ったのである。

それから間もなく、服部半蔵が浜松城にもどり、不気味な知らせをもたらした。

「越後の上杉謙信が、将軍の仲介で一向一揆と和睦しました。今後両者は協力して能登、加賀、越前を制圧し、大坂本願寺の救援に向かうと申し合わせたようでございます」

「越前には柴田勝家どのがおられよう。どうしておられる」

「前田利家、佐々成政などの与力衆と領内の立て直しを急いでおられますが、昨年の一向一揆の討伐によって疲弊した村も多く、織田家に対する反感も根強いので、なかなかうまく進まないようでございます」

昨年長篠の戦いに勝った信長は、十万余の大軍をひきいて越前に攻め入り、八月十五日には一向一揆の本拠地であった府中（越前市）を陥落させた。

この戦いで信長は一揆衆をなで斬り（皆殺し）にするように厳命し、山中に逃げ入った者たちも老若男女の別なく討ち取った。

越前一国で三万人とも四万人ともいわれる人々が殺され、跡形もなく焼き払われた村や町も多かった。

そのため制圧後の統治を任された柴田勝家も、復旧に難渋していたのである。

「ならば上杉勢の侵攻を食い止めることはできぬかもしれぬな」

柴田勝家という武将は、陣頭に立った時は無類の強さを発揮する。ところが思い込みが激しく人の意見を聞かない頑固者なので、大軍の統率や領国の経営には向いていないのだった。

「それから武田、北条にも、将軍の御内書が届いているようです。両家はそれに従い、縁組の話し合いを進めております」

「誰と誰の縁組じゃ」

「勝頼と北条氏政の妹でございます」

「なるほど。その手があるか」

勝頼の先妻は信長の養女だったが、五年前に他界している。北条との同盟を強化するために、新たな縁組をする可能性は充分にあった。

「上杉、武田、北条が将軍に身方したならどうなる。織田と徳川だけで、これらの敵に勝てると思うか」

「問題は島津家がどちらにつくかでございましょう」

「島津？　薩摩の島津家か」

「南蛮船は種子島を寄港地としております。ここは島津家の領地ゆえ、島津家が将軍側につき、堺へ向かう南蛮船をさし止めれば、信長公は火薬も鉛も入手できなくなります」

一方義昭側は、石見銀山の銀を種子島に持ち込み、いくらでも南蛮船との交易をすることができる。

そうなれば勝負はついたも同然だった。

「さようか。何とも危ういことだな」

家康はふと、水野信元が切腹する間際に、信長を裏切って将軍側につかぬかと誘ったことを思い出した。

あの時には口から出任せの絵空事のように感じていたが、今や信元が言った通りになっている。あるいはその頃から、紀州にいた義昭と連絡を取り合っていたのかもしれなかった。

「ともかく今は、武田との戦に勝つことだ。氏真どのも北条氏康どのの娘を嫁に迎えておられるゆえ、その縁を活かして北条を身方にすることはできぬか」

「それは今川さまにご尽力いただき、正面から申し入れるしかないと存じます」

「そうしているが、なかなかうまく進まぬのじゃ」

もし武田と北条が同盟を強化し、力を合わせて駿河から遠江へ進出してきたなら、徳川だけで撃退することは難しい。

そこで家康は氏真と北条家の縁を生かし、駿河を制圧したなら今川家に渡すという条件で北条家に同盟を申し入れているが、今のところ何の成果もないのだった。

「ともかく武田と北条の縁組だけは阻止したい。何とか破談になるよう仕向けてくれ」

天下の新しい情勢に対応するべく、誰もが息を殺して様子をうかがっている。そのせいか大きな戦が起こることもなく、不気味なにらみ合いの中で月日が過ぎていった。

九月末、浜名湖を渡る風が冷たさを増し、山々の木が枯れ葉を落とし始める頃になって、伴与七郎の配下が吉報を伝えた。

「去る九月二十日、前関白近衛前久さまが、信長公のご使者として薩摩に下向なされました」

「それは上様と島津家が同盟するということだな」

「そのようでございます。下話がまとまらなければ、近衛公のような高位の方が使者に立たれることはありませんので」

「そうか。よう知らせてくれた」

家康は安堵の胸をなで下ろした。

これで堺の南蛮貿易をさし止められるおそれはなくなったが、信長勢は相変わらず大坂本願寺に苦戦を強いられているという。

「畿内での将軍家の威光は根強く、紀州や丹波の国衆の多くが身方についております」

(それは将軍家の威光のせいだけではあるまい)

家康は内心そう思った。

信長は天下統一を急ぐあまり、伊勢長島や越前での一向一揆との戦いで、村や町を焼き払い数万人をなで斬りにする非情な戦法をとった。

家康のように信長をよく知る者でも、そのやり方に憤りを覚えるほどだから、多くの庶民が信長を恐れ、反感を持つのは仕方がないことである。

まして仲間や家族を殺された一向宗の宗徒は、信長を不倶戴天の仇と見なし、大坂本願寺に駆け込んで一矢報いようとしている。

そうした恐怖や憎悪が、足利幕府再興を待望する世論となって多くの者たちを引きつけているのだった。

翌天正五年(一五七七)一月二十二日、武田勝頼と北条氏政の妹の縁組がおこなわれた。

勝頼と家康は、北条氏を身方につけるための外交戦をくりひろげていたが、氏政は将軍義昭の仲介に従って武田との同盟を強化する道を選んだのである。

これで武田、北条は結束し、駿河から遠江に侵攻する構えをととのえたのだった。

知らせを受けた家康は、浜松城の富士見櫓に鳥居元忠、酒井忠次、石川家成を招いて茶会を開いた。

今後の対応を話し合うためで、点前はいつものように松平康忠がつとめた。

「何とも恐るべき策略家だ。将軍義昭公は」

家康は目下の状況を記した絵図を広げた。

赤く塗った敵の範囲は、西国八ヶ国の毛利領と上杉、武田、北条の領国、それに一向一揆が支配する紀州である。

対する信長領は畿内と美濃、尾張、家康領は三河、遠江で、まわりをぐるりと敵に囲まれていた。

「これだと信玄公が築き上げられた包囲網より、手強いようでござるな」

忠次の表情はさえない。戦っても戦っても状況が改善しないことに疲れているのだった。

「信玄が仕掛けた時は、義昭公は都におられたゆえ、上様の目を盗んで武田や浅井、朝倉と連絡をとっておられた。表立った動きをすることができず、毛利や上杉、北条を身方に取り込むまでには至らなかった。だが今度は鞆の浦に幕府を開き、これだけの勢力を築くことに成功なされた」

「それは幕府の威光ゆえでござろう。武将としての力量など、取るに足らぬものでござる」

元忠はどこまでも強気である。

強気を押し通さなければ戦には勝てぬと、幼い頃から叩き込まれていた。

「将軍の器量とは、威によって大名を動かすことだ。自ら戦場に立って指揮をとることではない」

「確かにさようでございますな」

家成が同意し、今にして思えば永禄十一年（一五六八）に信長公を従えて上洛をはたしたのも、将軍の外交手腕によるものかもしれぬと言った。

「家成どの、あれは上洛の大義名分とするために、上様が義昭公を利用されたのでございましょう」

元忠が異議をとなえた。

「時の勢いから見たなら、そう思えるかもしれぬ。ところが先に上様に誘いをかけ、岐阜に乗り込まれたのは義昭公じゃ」

家成は甥（おい）の石川数正（かずまさ）ほど出過ぎたことは言わない。だがおだやかな表情の奥には、数正に劣らぬ知恵をそなえていた。

「なるほど。そう言えば義昭公は、今度も鞆の浦に飛び込み、毛利を動かされましたな」

康忠が点前をつづけながら口をはさんだ。

「問題はこれにどう対応するかということじゃ。それぞれ思うところを言ってもらいたい」

「その前に、ひとつ伺（うかが）ってよろしゅうございますか」

家成がたずねた。

「茶席は無礼講じゃ。身分や立場にとらわれずに話せるところに値打ちがある」

「かたじけない。それがしが伺いたいのは、殿が上様の戦ぶりをどう見ておられるかということでござる」

「伊勢長島や越前でのことか」

「さよう。あのように死人の山を築くやり方は、武士道にはずれておりまする。それが上様への反感につながっていると存じます」

「それがしも、そう感じております」

忠次が賛同し、北条を身方につけようと交渉していた時のことを語った。

氏政が家康ではなく勝頼との同盟を選んだのは、信長に対する不信と嫌悪があったからだという。

「それが多くの方々の本当の思いでござりましょう。なぜあんなに酷いことをしなければならないのか、それがしにも分かりません」

「忠次どの、それは戦に勝つためでござる。一向一揆の輩は、いったん降伏しても次の場所に行って兵を挙げるゆえ、根絶やしにするしか方法がないのじゃ」

元忠が信長を擁護した。

「ならば戦に関わりのない者までなで斬りにするのは、どういうことじゃ。それも戦に勝つためと申すか」

「あれは一揆の者を村々にかくまっておるゆえ……」

「元忠、そうではない」

家康は元忠の面目を潰させまいと話をさえぎった。

「上様はこの国を新しく作り変えねばならぬと考えておられる。それに反対する者は、なで斬りにしても構わぬと決めておられるのだ」

「そんな馬鹿な。いくら上様でも、従わぬ者は殺していいという理屈は通りませぬ」

もしそんなことが許されるなら、この世を統べる正義は失われ、はてしない殺し合いがつづくと、元忠が目を吊り上げて言いつのった。

「確かにそうかもしれぬ。しかし上様は己の欲のためにそうしようとしておられるのではない。この日本をポルトガルやスペインの脅威から守るには、国の制度を根本から改めなければならぬと考えておられるのだ」

「殿、人は変わるものでござる。昨日の敵は今日の友ということもありまする。それに御仏も殺生を固く禁じておられますぞ」

「元忠、そちの申す通りじゃ。ところが上様は、このように苛烈な考え方をなされるようになった。それは御仏の教えから離れ、宣教師たちの考えになじまれたからかもしれぬ」

「それは、どういうことでしょうか」

　忠次がたずねた。

「キリスト教の神は、厳格な父親のようにきびしく、従わぬ者や背いた者には罰を下す。わしもソドムの町の話を、フロイスどのから聞いたことがある。旧約聖書という教典に記された教えだそうだ」

　ソドムという町に住んでいた者たちは、神の教えに背いて放埒で淫蕩な暮らしをつづけていた。

　これを怒った神は、天から火と硫黄をふりそそぎ、町も人も一日にして焼き払ってしまったのである。

「西洋人たちはこのようにきびしい神に従うことで、世界中に進出する強大な国を造り上げた。これに対抗するには、日本人も同じようなきびしさを持たねばならぬ。上様はそう考えておられるのだ」

「それで伊勢長島や越前でのように、惨いことをなされたわけでござるか」

「自分の方針に従うかどうか。上様は神のようなきびしさで返答を迫っておられる。

そうしなければ間に合わぬと、焦っておられるのだ」

「それはつまり、ご自身がこの国の神だと思っておられるからでしょうか」

家成が嵐の前ぶれでもながめるような憂い顔をした。

「そうではあるまい。ただ、ご自分の考えは絶対に正しく、行く手をはばむ者は阿呆ばかりと思っておられることは確かじゃ」

「上様のお考えが正しいかどうか、誰が定めるのでございましょう。たとえ正しかったとしても、従わぬ者を見境なくなで斬りにすることが許されるのでございましょうか」

「そのような話をすれば宗論のようになるが、構わぬか」

家康は案外こうした話が好きである。

人質暮らしの間に沈思黙考することが多かったので、物事を深く考える習慣が身についていた。

それに登誉上人に「厭離穢土　欣求浄土」の教えをさずけられて以来、どうしたらそうした国造りができるかを考えつづけている。

しかし、於大の方などには女々しく理屈っぽいと酷評されるので、話に深入りするのを慎重にさけていたのだった。

「是非(ぜひ)ともお聞かせ下され。ここは茶室ゆえ、どうぞご遠慮なく」

家成が勧めた時、康忠が濃茶(こいちゃ)を練り上げて正客の席についた家康に差し出した。大ぶりの黄瀬戸(きぜと)の茶碗(ちゃわん)に、少しゅる目に茶を練っている。

家康はそれを三口ですすり、口を当てた所を懐紙でぬぐい上げて次客の忠次に回した。

「ならば話をつづけるが、従わぬ者をなで斬りにすることなど、誰にも許されてはおらぬ。だが下克上(げこくじょう)の戦乱が長らくつづくうちに、この世には神も仏もない。富と力と才覚を持った者が勝ち、のし上がってゆくという考え方が蔓延(まんえん)するようになった」

「さようでござるな。天下の副将軍といわれた今川家が亡(ほろ)び、我らのような三河の田舎者(いなかもの)がその領国を手にしておりまする」

それもつい近頃のことだと、家成が感慨深げにつぶやいた。

「それは上様が桶狭間で勝たれたからじゃ。そうした勝ち負けをくり返していくうちに、勝つ者には理由や根拠があるという考え方が生まれた。それが天道ということだ」

天道の理にかなっている者が勝ち、そうでない者は負ける。そう考えることによって、勝った者は自分の行動を正当化していった。

そうした揚げ句、この世には守るべき教えも道理もない。己が天道にかなっているかどうかは結果が示すのだから、どんな手段を用いてでも勝ちさえすればいいのだと決めつけるようになった。

そのために至るところで裏切りや騙（だま）し合い、身内同士の血で血を洗う争いが起こった。

その結果はすべて天道のしからしめるところだと考えたために、そうした行動に歯止めがかからなくなったのである。

「そういえばおばばさまが、歌を残して下されましたな」

康忠が黄瀬戸の茶碗を湯で洗いながら、懐かしげにつぶやいた。

家康と康忠の祖母である源応院（げんおういん）は、桶狭間の戦いの直前に自害して果てた。

そして家康のために、

世の中はきつねとたぬきの化かしあい
欲ばしかいて罠にはまるな

という戯れ歌を残してくれた。

この自害が桶狭間における水野信元の計略を後押しするためだったことを、家康は後になって知らされたのである。

「化かしあいに勝った者が、数ヵ国を領する大大名となり、隣国の敵を倒そうと互いに秘術をつくしてきた。しかし最後の大詰めになって、生き方は大きく二つに分かれることになった。ひとつは天道を信じこの国を変えようと突き進んでおられる上様と、それに従う者たち。もうひとつは化かしあいに疲れ、将軍義昭公を後押しして室町幕府の秩序を再興しようとしている者たちじゃ。今は義昭公に付く者たちが多くなったゆえ上様は窮地に立たされ、己のやり方が天道にかなっていることを証明しようと、いっそう苛烈な戦をなされるようになった」

「恐ろしいお方でございますな。上様は」

普通の人間にはそんな重荷を背負えるものではないと、忠次が遠い目をしてつぶやいた。

「それで殿はどうなされる。この先も上様に従っていかれますか」

家成が姿勢を改め、はばかりなくたずねた。

「わしはそう決めておる。なぜなら上様がやろうとしておられることが、この国のために必要だと信じているからだ」

「本当に、必要なのでございましょうか」

「家成とて、領国を保つためには交易や商い（あきない）が欠かせぬことは分かっておろう。上様はいち早くそのことを理解し、商人や交易を重視した施策をとることによって、尾張や美濃をあれほど豊かな国になされた。それを多くの領民が支持しているし、他国の領民も上様の分国になることを望んでいるほどだ」

その動きは今後も変わるまい。家康はそう考えていた。

信長型の領国経営をおこなえば国が豊かになることを、三河や遠江の経営によって実感している。

それを室町幕府のような農業中心の政策にもどすことは、不可能であり領民に対する裏切りだとさえ感じていた。

「しかし、殿。良いことばかりではございません。確かに領民は豊かになったかもしれませぬが、皆が銭に目がくらんで信義や道義を後回しにするようになりました。それに商いが盛んになればなるほど、富める者と貧しい者の差が大きくなり、衣食に事欠いた末に流民になる者も多くなっております」

家成は柔軟な知性を働かせ、過度の経済優先政策にひそむ欠陥を察知していた。

「それは戦がつづいているせいであろう。上様が天下統一をされ、偃武(えんぶ)の世が到来したなら、軍役も年貢(ねんぐ)も軽くなる。上様が何ゆえ大きな犠牲を払ってこの国を造り変えようとなされたか、誰の目にも分かるようになるはずじゃ」

信長が心優しい男だということを、家康は知っている。

今は敵に勝つために非情な手段を取りつづけているが、戦が終わり武を偃(ふ)せる世になったなら、何万人もなで斬りにするようなことは無くなるはずだと信じていた。

「分かり申した。殿がそのようにお考えなら、我らは身命を賭(と)して従うばかりでござる」

家成が皆の顔を見渡して同意を求めた。

忠次にも元忠にも異存はない。それぞれ意見はあるものの、家康が決めたことには一致して従うのが徳川家臣団の強みだった。

「それでは武田や北条とどう戦うか。皆の考えを聞かせてくれ」

家康は絵図に目を落とし、当面の標的はここだと高天神城を指さした。

高天神城は掛川城から南東に二里半（約十キロ）ほど離れた鶴翁山にある山城である。

山の高さは百三十二メートルしかないが、東峰と西峰に分かれた山頂部に城を築いている上に、まわりは急斜面や絶壁をなしている。

守りやすく攻めにくい遠州一の要害だった。

この城は信玄の頃から、武田と徳川の争奪戦の的にされてきた。

元亀三年（一五七二）十月、二万の軍勢を動かして遠州攻めにかかった信玄は、小笠原氏助が守る高天神城を降伏させた。

その後、三方ヶ原の戦いで家康に大勝したものの、翌年四月には信州駒場で病没し、武田勢はそのまま甲府に引き上げていった。

そこで武田に降伏していた小笠原氏助は、再び家康に従うことにした。

　これを怒った武田勝頼は、天正二年（一五七四）五月に城を攻めた。

　氏助は家康に救援を要請したが、徳川家の兵力では二万を超える武田勢に太刀打（たちう）ちできない。

　家康は信長に援軍を送るように求めたが、信長勢が三河に着いた時には高天神城は武田方に降伏していたのだった。

　それ以来、城は武田方に奪われたままである。

　武田方にとってこの城がひときわ重要なのは、遠州に深々と楔（くさび）を打ち込む役割をはたしているからだ。

　掛川城にも東海道にもにらみを利かせられるだけでなく、駿河湾から御前崎（おまえざき）を回って伊勢（いせ）湾方面に向かう船の寄港地を確保する上でもきわめて重要だった。

　今でこそ高天神城は海岸線から一キロも離れた山城のようになっているが、この当時は城のすぐ南に内海が広がっていた。

　内海は遠州灘（えんしゅうなだ）とつながっていて、太平洋を通る船の寄港地にもなった。城への兵糧や弾薬の搬入も、船で行われることが多かったのである。

　この城を攻める方法は二つあった。

ひとつは武田が長篠の戦いの痛手から立ち直る前に、大軍を投入して一気に攻め落とすことである。

「さすれば武田は伊勢方面への海路を断たれ、海沿いのつなぎの城も用を成さなくなりましょう」

元忠は武田と北条の連携が強化される前に攻めるべきだと主張した。

「だが高天神城は難攻不落とうたわれた要害じゃ。城兵は二千ばかりとはいえ、攻略に手間取れば武田勢に背後をつかれよう」

慎重な忠次は、兵糧攻めにするべきだと考えていた。

高天神城のまわりに付け城を築き、海路も陸路も封じて兵糧、弾薬の搬入を断つ作戦である。

実は家康もこの作戦をとるべきだと考えている。

そのほうが危険が少ないこともあるが、高天神城を包囲して勝頼を後詰めに誘い出し、長篠の戦いでのように一気に決着をつけたかった。

だが自ら口を開くことはなく、重臣たちの議論に耳を傾けている。そうしてさらに考えを深めているのだった。

「殿はどうお考えでござる。お聞かせ下され」

自論が通らないことに苛立(いらだ)った元忠が、家康に話を向けた。

「わしはまだ敵方となった高天神城を見たことがない。一度見てから決めたいと思うが、どうじゃ」

「それはよいお考えでござる。掛川城の一里ほど南に小笠山砦(おがさやまとりで)がござるゆえ、ここに登れば高天神城の様子がうかがえまする」

掛川城を預かる家成が、段取りは任せて下されと申し出た。

「どうせ行くなら、城の間近まで行って敵の面(つら)を見たい。五千ばかりの精兵をそろえ、打ち回しをしようではないか」

打ち回しとは軍勢をそろえて領内を巡回し、領主としての威勢を示すことだが、これを実行に移す打ってつけの口実があった。

牧野城にいる今川氏真を、浜松城に引き取ることだ。

武田と北条が縁組したからには、氏真を最前線においている意味はない。そこで在番の労をねぎらうために、家康が自ら迎えに行くことにしたのだった。

二月下旬、家康は岡崎城から嫡男信康と平岩親吉以下千五百の兵を呼び寄せた。

信康は十九歳になる。

家康が桶狭間に出陣した時と同じ歳だが、その頃の自分より落ち着いていて風格があるような気がした。

「登久姫は元気か」

家康は信康と親吉だけを呼んで慰労の席をもうけた。

「今年で二歳になります。つかまり立ちをするようになりました」

「その頃が一番可愛い。早く会ってみたいものじゃ」

「この七月には、二人目が生まれます」

「そうか。二人目の孫か」

「それがしも出陣前にお徳から聞きましたので、お知らせするのが遅くなりました。申し訳ありません」

「気にするには及ばぬ。夫婦仲がいいのが一番じゃ。それで、二人目は……」

どちらになりそうかと、家康は嬉しさに前のめりになってたずねた。

「まだ腹も出ておりませぬので分かりません。元気に生まれてくれれば、どちらでも構わぬと思っております」

「それはその通りじゃが、今度は嫡男が欲しいものじゃ。徳川家の三代目だからな」

「母上もそのように願われ、鳳来寺の山伏に祈禱を頼まれているようでございます」

それよりこちらの状況はどうですかと、信康は話題を変えた。

烏帽子をかぶり大紋を着た姿はすっかり一人前で、行儀も作法も申し分なかった。

家康は松平康忠に武田との国境での対峙ぶりを説明させ、今後のことについて語った。

「書状でも知らせた通り、高天神城のまわりを打ち回し、敵を震え上がらせねばならぬ。それゆえそちに来てもらったのだ」

「敵の所領に踏み込むのであれば、攻撃されるおそれもありましょう」

「むろんじゃ。それゆえ精兵五千をそろえることにした」

「ならば先陣は、それがしにお申し付け下され。三河衆の陣立てを、父上やお身方衆にも披露したく存じます」

「親吉、この儀はどうじゃ」

「是非ともお願いいたします。こうしたこともあろうかと、三百の鉄砲隊をひきいて参りました」

遠州勢に引けは取らないと、親吉が誇らしげに胸を張った。

二日後、信康勢を先陣とした徳川勢五千は、天竜川を渡って東海道を東に進み、石川家成が預かる掛川城に一泊した。

そうして翌日、掛川城から二里半ほど東に位置する牧野城に入った。

牧野城は牧之原台地の北端に位置し、北、東、南の三方は険しい崖になっている。東には大井川が流れて天然の要害をなし、南には東海道が通って交通の要衝となっている。

この地に初めて砦を築いたのは、遠江進攻をめざす武田信玄だった。

その後、武田勝頼が城を築き、城内に諏訪大明神を祭ったことから諏訪原城と名付け、高天神城奪回の拠点とした。

ところがその翌々年、長篠の戦いに大勝した家康は、諏訪原城から武田勢を追い払い、名を牧野城と改めたのだった。

城は北東の高台を本丸とし、西から南にかけて二の丸、三の丸を配している。その外側に土塁と堀をめぐらし、出撃のための馬出しを二ヵ所にもうけている。

土木技術に長けた武田家らしい頑丈で機能的な城で、本丸を中心として扇を広げたような形をしているので扇城とも呼ばれていた。

大手門では松平康親と松平家忠が出迎え、本丸御殿にいる今川氏真のもとに案内した。

「一年に及ぶご在番、ご苦労さまでした。お知らせした通り、お迎えに参上いたしました」

家康は金陀美具足を着たまま挨拶した。

「浜松城に戻れるとは有り難いことです。結局、何のお役にも立てなかったようですね」

氏真は二つ引両の紋を入れた大紋を着込み、面目なさそうに苦笑した。

「とんでもありません。今川さまにご在番いただいたお陰で、駿河ににらみを利かせることができたのでございます」

「こちらはもしや、信康どののですか」

「さようでございます。ご拝顔（はいがん）の栄に浴し、恐悦に存じます」

信康が臣下の礼を取った。

「ご丁重なる挨拶をいただき痛み入ります。私はもう三河の大守（たいしゅ）ではありませんので、居候の一人と思（おぼ）し召し下され」

「何をおおせられる。今川さまは母上の従兄（いとこ）に当たられるお方ではありませんか」

「そうですね。そういえば目鼻立ちが、どことなく瀬名（せな）どのに似ておられる」

確かに信康は、今川の血を受けた上品で理知的な顔立ちをしているのだった。

家康は内心複雑な思いだった。

今川家は時代に取り残された過去の家である。一方の信康は、これからの時代に対処していく責任を負っている。

礼儀を尽くすのは結構だが、あまり親密にしてほしくはなかった。

「どうです。迎えに来ていただいたお礼に、お茶などさし上げましょう」

氏真は道具を入れた旅簞笥（たびだんす）を下げ、本丸の北東にある見張り櫓に案内した。

三層の櫓の最上階には炉（ろ）がきってあり、すでに湯をわかしてある。そこに簞笥を置いて道具を取り出すと、立派な茶席になった。

頑丈な格子を張った窓からは、大井川と駿河の国を一望することができた。

大井川の渡し場を渡って東海道を東に向かえば、三里（約十二キロメートル）ほどで田中城や小川城、大井川を下れば河口近くに小山城がある。

いずれも武田方が遠江進出の拠点にしている城で、家康にとっては攻略すべき目標だった。

氏真はいかにも楽々と茶を点て、家康と信康にふるまった。

素焼きの小ぶりの茶碗に、泡立てた茶の色がよく合っている。さらりとした味の中に、風雅をきわめた奥深さがあった。

「見渡すかぎり、当家の所領だったと思うと、ご先祖に対して申し訳ない気持ちになります」

氏真はここで茶を点てたり歌を詠んだりしながら、来し方を思って己の非力を痛感していたという。

「しかし、失うことによって得たものもあるようです」

「それは、何でしょうか」

信康がたずねた。

「心の自由でございます。盛者必衰の理を身をもって知り、この世の諸相がはっきりと見えるようになりました。国破れて山河あり、でしょうか」

「城春にして草木深し。杜甫の『春望』ですね」

「ご存じでしたか。今まさにその季節です」

「時に感じて花にも涙をそそぎ、別れを恨んで鳥にも心を驚かす」

信康は漢詩を詠じながら、感極まって涙ぐんでいる。

それは氏真と同じ目で駿河の山河を見ているからだった。

家康は氏真をともなってその日のうちに掛川城にもどり、翌日の打ち回しに備えるように全軍に命じた。

翌朝、家康は松平家忠を警固役として、氏真を浜松城まで送らせた。

初めは氏真にも打ち回しに同行してもらおうと考えていたが、信康との妙に親密な間柄を見て、距離をおいたほうがいいと思ったのだった。

辰の刻（午前八時）、信康勢を先陣とする五千の軍勢は、掛川城の大手門を出て南に向かった。

信康勢の先頭は、三百の鉄砲隊と三間半（約六・三メートル）の長槍を持った槍隊である。

狭い道でも機動力を発揮できるように、鉄砲三十、長槍三十を一組とした十の隊に分けている。その後ろに配した五百の騎馬隊の中央を、信康と平岩親吉が馬を並べて進んでいた。

家康勢の先頭は鳥居元忠と酒井忠次で、家康の前には本多忠勝、後ろには榊原康政が手勢をひきいて控えていた。

やがて小笠山の東のふもとにさしかかった。

標高二百六十五メートルの山頂から、尾根が南東に向かって伸び、遠州灘の間近まで迫っている。

その尾根の末端に位置する鶴翁山（標高百三十二メートル）の山頂に築かれているのが高天神城だった。

家康勢は低くなだらかな尾根を右手に見ながら進んでいく。左手には菊川が流れ、広大な農地が広がっている。

村の者たちが冬場に凍てついて固まった田に出て、田植えにそなえて田起こしをしていた。牛に引かせた鋤で耕している者もあり、横に一列になって鍬をふるっている者たちもいた。

このあたりは高天神城主の所領である。だが村の者たちは戦乱の埒外(らちがい)にいて、勝った方に従う態度を取りつづけている。

だから徳川勢の打ち回しを見ても、「おやまあ、勇ましいことだがや」といった傍観的な態度しか取らないのだった。

春の盛りである。

山には桜が薄桃色の花をつけ、野原にはスミレやタンポポ、菜の花などが咲き乱れている。

ウグイスの舌たらずの鳴き声も聞こえてきて、眠くなるようないい陽気である。

鶴翁山の東のふもとまで来ると、家康は行軍を止めさせた。

小高い山の頂(いただき)に高天神城の本丸がある。

険しい尾根を利して連郭(れんかく)式の曲輪(くるわ)を配した堅城(けんじょう)で、「高天神を制する者は遠州を制す」と言われたほどだった。

ふもとから見えているのは、城の東端に位置する三の丸、その南には伊賀曲輪があり、城外に出撃するための馬出しがもうけられている。

武田勢はすでに打ち回しに気付いていて、いつ攻められても対応できるように軍勢を集めている。三の丸にはのぼり旗がはためき、塀際で守備についている将兵の顔がはっきりと見えた。

「殿、あれは小笠原氏助どのでござる」

馬廻り(うままわ)の者がそう言って見張り櫓を指さした。

櫓の上に立ち黒ずくめの鎧(よろい)を着て、日の丸の扇を左右にゆっくりと振る武者がいる。かつての城主である氏助が、家康が来たと知って合図を送っているのだった。

三年前まで氏助は家康に属していた。ところが武田勝頼に二万の大軍で攻められ、援軍を送ってもらえないまま見捨てられた。

氏助はやむなく武田に降伏し、駿河東部に一万貫の地を与えられてこの城を去った。ところが勝頼と家康との対立が激しくなったために、援軍の将として城に入るように命じられたのだった。

「殊勝なことじゃ。誰か扇を持て」

家康は扇を振って挨拶を返そうとしたが、本多忠勝が諌止(かんし)した。

「ご用心なされ。あれは殿を狙撃するための罠かもしれませぬ」

「さようか。ならば刺客がひそんでいそうな藪(やぶ)に鉄砲を撃ち込んでみよ」

忠勝はただちに百挺(ちょう)ばかりを連射させたが、何の反応もなかった。そのかわりに起こったのは、三の丸の将兵の笑い声だった。

「三河守どの、相変わらずの臆病ぶりでござるな」

三町（約三百三十メートル）ちかく離れているのに、氏助の声ははっきりと聞こえた。

さすがに戦場で鍛えただけのことはあった。

「信長の助けがなければ、何もできないお方じゃ。見かけだけは立派にこしらえておられるが、中身はこの程度のものよ」

配下の将兵たちも箙(えびら)を叩いてはやし立て、悪口(あっこう)、雑言(ぞうごん)を投げかけた。

声は聞こえないが、調子づいてあざけっていることは仕草で分かった。

「おのれ、雑魚(ざこ)どもが」

忠勝は氏助に負けない大声を上げ、百挺の鉄砲を城に向かっていっせいに撃ちかけさせた。

もちろん弾が届く距離ではない。だが鉄砲百挺の凄(すさ)まじい射撃音は、敵を黙り込ませるには充分だった。

「殿、余計なことを申し上げ、敵に付け入られてしまいました。申し訳ございません」

忠勝は戦に負けたようにしょげていた。

「気にするな。そちのお陰で大事なことが分かった」

「大事なこととは」

「敵は撃ち返して来ぬ。それだけ弾薬がとぼしくなっているということだ」

やがて城の南側に回った。

鶴翁山の東峰と西峰が双子（ふたご）のように並んでいるのがはっきりと見える。東峰に本丸が、西の峰に西の丸があり、間はなだらかな谷になっていた。

山の水を集めて谷川が流れ、南のふもとに広がる内海に流れ込んでいる。

およそ六千年前に縄文（じょうもん）海進がおこった時の名残の汽水湖（きすいこ）で、遠州灘とつながる所に浜野浦（はまのうら）と呼ばれる港があった。

浜野浦の東岸に国安（くにやす）という集落がある。

船着場をそなえた港町で、武田勢は駿河から海路御前崎をこえ、国安に船をつけて高天神城への物資の補給をおこなっていた。

「父上、この機会に国安を攻め落としたらいかがでしょうか」

信康が進言したが、家康は許さなかった。

武田勢は国安のまわりに二重の水堀をめぐらし、厳重に守りを固めている。守備兵は少なくとも容易に攻め落とせる構えではないし、たとえ攻め落とすことができたとしても、勝頼が大軍をひきいて出陣してきたなら守り抜くことができなかった。

「今日は打ち回しに来ただけだ。あたりの地形と敵の備えを見ておくだけで良い」

湖沼を横切るには、北から流れ込んでいる川の浅瀬まで回るしかない。高天神城から五町（約五百五十メートル）ほどの近さだが、武田勢が出撃してくる気配はなかった。

浅瀬の上流には二十軒ばかりの集落がある。川や湖沼で漁をしたり、川船輸送に従事する者たちが暮らしているようだった。

それにしては妙である。集落に面した川に船が一艘もつながれていない。

出払っているのなら湖の面に何艘か浮かんでいても良さそうなものだが、見渡しても影も形もなかった。

（伏兵か）

家康はそう察したが、信康には知らせなかった。

急襲された時に、どれほどの対応ができるか見てみようと思った。

信康は異変に気付いていないようである。先頭を行く鉄砲と長槍の小隊から渡河にかかった。

腰までの深さしかなく流れもゆるやかなので、六十人ずつの小隊が次々に渡っていく。

その時、集落の陰から軽装の足軽たちが三艘の船を抱え出し、猛然と漕ぎ下ってきた。舳先と船縁に楯を立てて矢弾を防ぎ、狭間を開けて鉄砲や弓で攻撃できるようにしている。

三艘は縦一列になり、川を渡る信康勢に痛打を与えようとしているのだった。

「敵襲じゃ。備えを固めよ」

信康の若々しい声が響いた。

訓練通りに長槍隊が上流に向けて槍衾を作ろうとするが、川底は砂質なので槍の石突きを固定することができない。これでは三間半（約六・三メートル）の長槍を一人で使いこなすことは難しかった。

「左右に分かれよ。中を開けて敵の船をやり過ごせ」

そう命じたが、敵は川の流れに乗ってみるみるうちに迫ってくる。しかも足軽たちは川の砂に足を取られて動きが鈍い。

逃げ遅れた者たちを援護しようと、左右に分かれた鉄砲隊が銃撃するが、楯にはばまれて効果を上げられない。

長槍隊の中には二人一組になって槍を構え、船を押し返そうとする者もいたが、勢いに乗った船を止めることはできなかった。

敵船は信康勢を切り割りながら矢弾をあびせ、二十数人を討ち取って悠然と湖沼に向かって漕ぎ去っていった。

「おのれ。敵の根城はあの村じゃ。残さず討ち取れ」

信康は上流の集落を包囲させ、火矢を射込んで焼き払った。

すでに武田勢は逃げ去っている。

残っているのはここに住む二十人ばかりだったが、取り乱した信康勢は外に飛び出してきた者たちをことごとく討ち果たしたのだった。

渡河を終えた一行は、態勢を立て直して海岸伝いの道を西へ向かった。

白砂の浜と青い海、寄せては返す波を見ながら一里ほど行くと、高天神城下と似たような入り江がある。

その北側の松尾山に横須賀の砦があり、内陸部に一里ほど進むと大須賀康高が預かる馬伏塚城がある。

家康はそうした要害を回りながら、高天神城を攻略する手立てを思い巡らしていたのだった。

秋の収穫も終わった八月十九日、武田勝頼は二万の大軍をひきいて国安に出陣した。

陸路一万五千、海路五千の堂々たる陣容で、浜野浦には将兵や兵糧などを乗せてきた六百艘ちかい船がびっしりと横付けされた。

勝頼はその船を用いて国安の軍勢を湖沼の西岸に渡し、海岸沿いの道を西進して横須賀の砦を占領した。

家康は勝頼の動きを服部半蔵からの知らせで承知している。武田勢が横須賀に迫った時には、入り江の西岸の丘に布陣していた。

遠州勢五千、三河勢三千である。

残念ながら倍以上の武田勢に勝つ力は、今の徳川勢にはない。決戦に及ぶには信長からの援軍が必要だが、来援を望める状況ではなかった。

「上杉勢二万五千も、越中から能登に兵を進めております。じきに七尾城を攻め落とし、越前まで兵を進めるものと思います」

半蔵がそう告げた。

「足利義昭公の差し金か」

「昨年毛利水軍が大坂本願寺への兵糧、弾薬の搬入に成功したために、敵は勢いづいております。これまで信長公に従っていた松永久秀が、大和の信貴山城に立てこもって反旗をひるがえしたそうでございます」

信長は大坂本願寺や毛利輝元との戦いに手を取られている。その隙をついて、上杉謙信と武田勝頼が北と東から進軍を開始したのだった。

（これでは動けぬ）

家康は暗い目で対岸の松尾山をながめた。

横須賀の砦には武田菱の旗が何十本となく風にひるがえっている。ひときわ大きな風林火山の旗は、勝頼の本陣旗だった。

今取れる策はひとつしかない。武田勢とにらみ合ったままこれ以上の西進を許さず、状況が好転するのを待つことである。

武田や上杉は、道が雪に閉ざされる前に領国に引き上げざるを得ないし、長の滞陣になれば兵糧や薪の補給もつづかなくなるはずだった。

家康は勝頼の本陣に向き合い、敵が動いたなら即座に対応できる構えを取る一方、横須賀から北や西に通じる街道に陣城を築き、鉄砲隊を配して厳重に封じた。

「去る九月十五日、上杉勢が七尾城を攻め落としました」

「九月二十三日、上杉勢が手取川の戦いで織田勢に大勝いたしました」

伴与七郎の配下が、次々と西からの情報をもたらした。

激戦は加賀国の手取川で起こった。

上杉勢が能登の七尾城に攻め寄せたと知った織田信長は、柴田勝家、羽柴秀吉、前田利家ら四万の軍勢を救援に向かわせた。

ところが総大将の勝家と対立した秀吉は、信長の許しを得ないまま陣を引き払った。

勝家はそのまま進軍をつづけたが、すでに七尾城を落としていた上杉謙信は、二万の兵をひきいて松任《まっとう》城（白山市古城町《ふるしろまち》）で待ち伏せていた。

そうして野営をしていた織田勢を急襲し、千人以上を討ち取る大勝利をおさめた。織田勢の中には、逃げようとして手取川で溺《おぼ》れた者も多かったという。

「羽柴どのが上様の許しもなく陣払いされたというのは、まことか」

「理由は分かりませんが、そのような噂《うわさ》が飛び交っております」

（まさか……）

足利義昭に通じたのではないか。そんな疑いが家康の脳裡《のうり》をよぎった。

「それで、上杉勢はどうした」

「能登まで引き上げました。冬が近いので、退路を断たれることを恐れたのでございましょう」

「分かった。引きつづき探索にあたるよう、伴与七郎に伝えてくれ」

家康は革袋に入れた銀の小粒を当座の費用として与えた。

もし謙信がそのまま織田勢を追撃し、木ノ芽(きのめ)峠をこえて近江に乱入したならどうなっていただろう。

一向一揆や浅井、六角(ろっかく)の残党がいっせいに上杉勢に合流し、近江一国が奪い取られたかもしれない。

その時、北近江の長浜(ながはま)城を預かっている羽柴秀吉は、将軍の命を大義名分として上杉勢に降伏したのではないか。

（そうでなければ、上様に無断で陣を引き払うことなどありえないはずだ）

信長がそんな勝手を絶対に許さないことを、家康も織田家の重臣たちも骨身にしみて知っている。

しかもそのせいで織田勢は大敗したのだから、秀吉にどんな処分が下るか、誰もが固唾(かたず)を呑(の)んで見守っているはずだった。

入り江をはさんだ武田勢とのにらみ合いは、十月になってもつづいた。

季節はすでに秋の終わりである。

山の木々は落葉をはじめ、朝晩の冷え込みは厳しくなっていく。

対陣はすでに二ヶ月におよび、徳川勢、武田勢の双方に疲れによる厭戦(えんせん)気分がただよい始めていた。

将兵にとって何より辛いのは、まともな食事をとれないことと、陣小屋の地べたで寝ることである。そうした疲れがたまっている上に、冷え込みが厳しくなると風邪を引く者や腹をこわす者が多くなってくる。

こんな生殺しのような目にあわされるより、いっそ早く干戈をまじえて決着をつけてくれと望む者が多かった。

そうした空気に押されたように、信康が注進に来た。

「父上、遠目には武田勢の陣容は変わらぬように見えますが、軍勢の半分は国安まで引き上げております」

甲州から来た武田勢の方が疲労は大きい。そのため勝頼は、半分ずつを入れ替えながら国安で休ませている。

そのことを信康は、自ら物見に出て確かめてきたのである。

「今なら軍勢の数に大差はありません。夜討ちか朝駆けで先手を取れば、勝つことができると存じます」

「自ら物見に出るとは殊勝なことだが、今は動いてはならぬ」

「なぜです。このままにらみ合いをつづけるつもりですか」

「冬の到来を前に、武田は必ず軍勢を退く。その時までこの場に釘付けにしておけば、我らが勝ったも同然なのだ」

我らは八千、敵は二万。滞陣の負担は敵の方が二倍以上も大きい。

しかもそれだけの軍勢を動かして何もできないとあっては、天下の面目を失うばかりだ。家康はそう言った。

「ならばそれがしの手勢だけで奇襲をかけ、痛打を与えた後に退去いたします。それを追撃してくる武田勢を、父上が待ち伏せて討ち果たす策はどうでしょうか」

「奇襲が成功するとは限らぬ。思いもよらぬ策にはめられ、敵中に取り込められることもある。それを救うために兵を出し、大敗につながった例も多い。もしそうなれば、我らの守備陣形は一気に崩れ、浜松城まで敗走することになろう」

ここが我慢のしどころなのだ。天下の状勢を考えよ。家康はそう諭したが、信康は不満そうに顔をゆがめたままだった。

家康の読み通り、武田勢は冬の足音に追われるように小山城まで退却し、十月二十日には大井川を越えて甲府にもどっていった。

家康はさっそく敵に占領されていた横須賀の砦を奪い返し、大須賀康高に強固な城を築くように命じた。

「敵にこの入り江を取られたなら、敵船は天竜川の掛塚(かけつか)の港まで攻め入って来よう。掛塚の次は浜名湖が狙われる」

それを防ぐために、巨大な舟入りを持つ海城を築くことにしたのだった。

第二章

勝頼の罠

天正六年（一五七八年）勢力図

上杉氏
北条氏
武田氏
織田信長
安土城
徳川家康
毛利輝元
長宗我部元親

その年は何事もなく暮れ、天正六年（一五七八）の年が明けた。

春になっても武田勢が動く様子はない。家康は五千の軍勢をひきいて掛川城に入り、三月九日に大井川を渡って田中城（藤枝市）を攻めた。

相手の出方をさぐるためと、挑発をして勝頼の出陣を誘うためだが、敵は固く城門を閉ざしたまま反撃しようとしなかった。

（妙だな。何かあったのかもしれぬ）

手応えのなさに不審を抱いた家康は、十日に牧野城まで戻り、十三日に小山城を攻めてみた。

城主は岡部元信。桶狭間の戦いの後に、信長から今川義元の首を取り返した猛将である。

ところが小山城も門を閉ざしたまま、墓場のように静まりかえっている。

（もしや、勝頼が死んだか）

そんな想像さえ抱かせる対応ぶりだった。

家康はさっそく服部半蔵に使いを出し、勝頼に不慮のことがなかったかどうか問い合わせた。

ところが甲府に異変はないという。

（では何があった。なぜ武田はすくみ上がっておる）

その答えをもたらしたのは、畿内、近国の探索に当たっている伴与七郎だった。

「去る三月十日から十五日の間に、上杉謙信公が他界されたと思われます」

「死因は……、死因は何だ」

「卒中と噂されています」

「敵の調略ではあるまいな」

「謙信公は三月十五日に三万の軍勢をひきいて上洛すると、陣触れをしておられました。それが急に中止になり、軍議が開かれることもありません」

与七郎が察した通り、謙信は三月九日に脳溢血のために倒れ、十三日に他界していた。行年四十九だった。

（謙信が……、死んだ）

家康は狐につままれたようだった。

北の上杉、東の武田と北条に囲まれ、鉛色の雨雲に頭上をおおわれたような重圧を感じていたが、その一角が突然崩れ、ぽかりと青空が広がった気がした。

それも死因は卒中だというから、人の運命は分からない。

謙信は常に馬上盃を手放さないほど酒好きだったというが、それが健康を害したのかもしれなかった。

（これが天命というものか）

家康は信長の運の強さを改めて思った。

武田信玄が死んだのも、三方ヶ原の戦いに大敗して窮地におちいっていた時だった。

あのまま信玄が健在であれば、東の武田、西の浅井、朝倉、そして将軍義昭に挟撃されて、信長も家康も亡ぼされていたかもしれない。

そんな時、信玄は胃の病（胃癌という）で動けなくなり、志をはたせないまま他界したのである。

今度はその時より、信長の危機は大きかった。

鞆の浦の将軍義昭が仕掛けた包囲網は、毛利輝元、上杉謙信、武田勝頼、北条氏政、そして大坂本願寺と一向一揆を取り込んだ強大なもので、謙信が三万の精鋭をひきいて上洛したなら、信長の命運はおそらく尽きていただろう。

ところが謙信は脳溢血で呆気なく死に、三万の大軍は雲散霧消したのである。

「して、上杉家はこれからどうなる」

「謙信公には実子がおられませぬ。養子の景勝と景虎がおりますが、後継ぎを定めぬまま他界なされましたので、両者の間で争いになるものと存じます」

景勝は上杉一門の長尾家の生まれで、謙信の甥に当たる。

景虎は北条氏康の七男だが、北条家と上杉家が盟約を結んだ際に人質として差し出され、謙信の養子となった。

もし上杉、武田、北条の結束を第一番に考えれば、景虎を後継ぎにするのが妥当だが、家中には景勝を支持する者が多いという。

「後継ぎをめぐる争いが起これば、上杉は外に兵を出すことなどできなくなるな」

「さよう。これで上杉、武田、北条の結束は崩れることになりましょう」

与七郎の予想通り、景勝と景虎はやがて御館の乱を引き起こし、景勝が後継者の地位を獲得することになる。

ともあれ、これで信長包囲網の一角が崩れ、武田勝頼が遠江に攻め寄せてくるおそれは当分なくなった。

家康はこの間に横須賀城の築城を急ぐと同時に、高天神城のまわりに六ヶ所の付け城を築いて包囲を厳重にすることにした。

目前の危機を乗り切り、久々に平穏な暮らしを取りもどしただけに、気持ちは実に伸びやかである。

ようやく天地の間で安心して手足を伸ばせる心地だった。

そうすると、家康の気持ちの底でうごめき始めたものがある。浮気の虫と言うか男の性と言おうか、人肌がそぞろに恋しいのである。

こんな時、温かく迎えてくれる正室がいる者は幸せである。だが瀬名は十数年前に出家し、一切の関わりを拒むように尼装束を脱ごうとしない。

以前はその役をお万の方に頼んだものだが、双子を産んで以来疎遠になっている。双子を忌む習慣が間違っていることも、お万の方のせいではないことも分かっているが、以前のような親しみを持てないのだった。

そんな家康の脳裡をよぎったのは、雷を怖がって腕にすがったお愛（西郷の局）の姿だった。

いきなり忍んでいったなら、あの清楚で恥じらい深い娘はどんな反応をするだろう。

すでに結婚の経験もあり、前夫との間に一男一女をもうけているのだから、娘というのは当たらないが、面長で黒い瞳をした柳腰の女は、娘という言葉が持つ良さをすべて備えている。

これからどんな風にも変わっていきそうな、心ときめく可能性を秘めていた。

思い立ったが吉日である。

養父の西郷清員からは、「側室の一人に加えていただけるなら、これに過ぎる喜びはございません」と要請されているのだから、何の問題もあるまい。

家康は意を決して近習の松平康忠を呼び、西川城（豊橋市石巻西川町）の西郷清員のもとに使いに行くように命じた。

「源七郎、分かっておろうな」

妙に力んで幼名を呼んだのは、いくらかの照れ臭さがあるからだった。

源七郎康忠は早馬を飛ばし、翌日にはもどってきた。

「して、返事は」

「願ってもないことだと、清員どのも奥方さまも大層喜んでおられました。ただし」

夜中にいきなり忍んでいくのはやめてほしい。そう頼まれたという。

「それは、何ゆえじゃ」

家康は楽しみに水をさされた気がした。

「お愛の方は近目だそうでございます」

「うむ。存じておる」

「それゆえいきなり夜中に忍んでいかれると、相手が誰だか分からずに取り乱される恐れがあるとのことでございます」

「閨のことじゃ。見えぬから面白いということもある」

家康が夜這いにこだわるのは、お市の方にしてやられた口惜しさがあるからかもしれない。顔立ちといい体付きといい、お愛の方はお市の方によく似ているのだった。

「殿、西郷どのは陰日向のない忠義の士でござる。お愛の方を労わっておられる気持ちを、汲んでやって下されませ」

康忠が家康の邪(よこしま)をぴしゃりとたしなめた。

三日後、家康は康忠ら二十人ばかりを従え、吉田(よしだ)城の酒井(さかい)忠次(ただつぐ)をたずねた。

そうして上杉謙信没後の情勢をしばらく語り合った後、忠次とともに西川城に向かった。

忠次は西郷清員の直属の上司で、妹を清員に嫁(とつ)がせている。

お愛の方を側室に申し受けるに当たって立ち会わせたのは、家康なりに筋を通したのだった。

清員は西川城の大手門に祝儀(しゅうぎ)の幕を張って出迎えた。

「殿、本日はかたじけのうございます」

清員は裃(かみしも)を着込み、一族郎党二十人ばかりを従えて出迎えた。

「うむ。足労をかける」

家康は背筋を伸ばし肩肘を張って一同を見回した。

表御殿にはすでに酒宴の仕度がしてあった。家康は忠次、康忠とともに席につき、清員の給仕でもてなしを受けた。

やがて清員の妻に付き添われてお愛の方が入ってきた。

驚いたことに純白の衣装に綿帽子という花嫁姿である。白粉をぬった面長の顔に、紅をさしたつぼみのような唇が際立っていた。

「勝手をいたし、申しわけございません」

清員が二人の横に座って深々と頭を下げた。

「されどお愛は、甥義勝の妻でございました。一男一女にも恵まれ、さてこれからという時に、義勝は竹広表の戦いで命を落としたのでございます。主家のために命を捨てるは武士の本懐とはいえ、うら若い妻と幼い子供たちを残して逝った義勝の心残りは、いかばかりだったことでございましょう」

清員は感極まってしばし絶句し、天井をにらんではらはらと涙を流した。

「命を捨てて我らを守ってくれた義勝に報いるためにも、側室とはいえ花嫁として殿に迎えていただきたいのでございます」

「分かった。勝手を言って、いらぬ心配をかけたようじゃ」

「ご無礼の段、平に、平にご容赦下され」

「わびねばならぬのはわしの方じゃ。その方らの思いは肝に銘じておくゆえ、安心してくれ」

その夜家康は西川城に泊まり、お愛と床入りをした。

湯を使い、明かりを灯(とも)した部屋で待っていると、白小袖に打掛けを羽織ったお愛が入ってきた。

「先ほどは養父の無礼をお許しいただき、かたじけのうございました」

「聞いたか、いきさつを」

「いいえ。何も存じませぬ」

「そなたには何も知らせず、いきなり夜中に忍んでいきたいと言ったのだ。清員はそれに腹を立てたのであろう」

「養父はあのようなお方ですから」

無理もあるまいと言うように、お愛は白小袖の袖を口元に当てて笑った。

「しかし決してそなたを軽んじていたわけではないぞ。ただ……、夜這いというものをしてみたかったのだ」

「これからどうですか。わたくしが寝たふりをいたしますから」

「詮(せん)ないことを言う。そんなことをしても何の面白味もなかろう」

話しているうちに、家康はお愛がたおやかな外見に似合わぬ芯(しん)の強さを持っていることに気付いた。

三河(みかわ)武士らしい質実な家で、正統な躾(しつけ)を受けてやしなった芯の強さである。

家康にもそうした気性があるだけに、夜這いなどを仕掛けたいと思っていた自分が恥ずかしくなってきた。

「それでは改めて頼む。わしの側室となって、丈夫な児(やや)を産んでくれ」

「身にあまるお言葉、かたじけのうございます。末永くよろしくお願いいたします」

家康はお愛の近目を気づかい、明かりを灯したまま着物を脱がせた。長い黒髪を乱れ箱に入れて横たわったお愛の体は、細くしなやかである。

行灯(あんどん)に赤く照らされ、乳房も太股(ふともも)も妖艶な影をおびている。家康はその美しさにしばらく見とれ、柔らかい肌にそっと触れた。

その夜以来、家康はお愛に夢中になった。

忠次と会うことや鷹狩(たかが)りを口実にして、十日に一度は西川城に通うようになった。

心細やかなお愛のもてなしを受け、柔らかい肌に触れていると、この世の辛苦を忘れて心が伸びやかになる。

そしてお愛を守るためならどんな苦難にも立ち向かおうと、新たな気力がわき上がるのだった。

「殿、これほど足しげく通われるのであれば、お愛の方さまを浜松城に引き取った方がいいのではありませんか」

忠次がまわりの目を気にして忠告した。

「迷惑か。わしが来るのが」

「そうではありませんが、武田との鍔迫り合いも激しくなっておりますので」

「上杉の後継ぎ問題の決着がつくまで、勝頼は我らとの決戦には踏み切れぬ。それにな、忠次」

こうして浜松から西川城まで通っているから、お愛との逢瀬にいっそう心がときめくのだ。家康は光源氏のようなことを言って含み笑いをした。

勝頼が再び二万の大軍をひきいて遠江に出てきたのは、天正六年（一五七八）十月のことである。

十月二十九日には大井川を渡って小山城に入った。

事前にこの報を得ていた家康は、信康とともに馬伏塚城に入り、十一月二日には築城成った横須賀城の守りについた。

松尾山の地形を活かして築いた城は、南は海、西と北は入り江に囲まれ、東は松尾山の斜面を削って作った切岸になっている。

唯一の弱点は松尾山の尾根が小笠山の山塊とつながっている北東方面だが、ここには尾根を掘り切った空堀を配していた。

幅二十間（約三十六メートル）、深さ十間という巨大なもので、敵の侵入を厳重に拒んでいる。

まだ御殿や天守は完成していないが、曲輪のまわりには屋根付きの多聞櫓を配し、陣小屋を作らなくても三千人ばかりは籠城できるようにしていた。

勝頼は十一月三日に横須賀城に迫ったが、頑強な城の構えに恐れをなし、そのまま国安まで退却して高天神城に入った。

そうして将兵の激励と守備の指示をすると、十二日には駿河に撤退したのである。

家康は横須賀城ばかりでなく、高天神城を取り巻く六ヶ所の砦の強化も終えている。武田勢が出て来ても撃退できる構えは整っているが、それでも勝頼は遠江の勢力を維持するために後詰めに出て来ざるを得ない。

そのための費用は莫大で、将兵の負担も大きいのだから、出陣するたびに体力を奪われていくのである。

「これぞ蟻地獄の計というものじゃ」

家康は閨の中でお愛に自慢した。

そんな計略が兵法書に記されているかどうか知らないが、勝頼は遠江まで出陣してくるものの、家康が作り上げた蟻地獄のような守備陣形を目にして、すごすごと引き返さざるを得ないのである。

「一か八かで我らに戦を仕掛けたなら、長篠での戦いのように壊滅的な痛手をこうむることになる。あの若僧は骨身にしみてそれを知っておるのだ」

こうした優越感も男をふるい立たせる媚薬となる。家康はすっかりなじんだお愛の体を慈しみながら、武田を亡ぼす日も近いと感じていた。

十一月になって、朗報がとどいた。

大坂本願寺に兵糧、弾薬を入れようとした毛利水軍を、織田水軍が撃破したのである。

二年前に毛利水軍に手痛い敗北を喫した信長は、操船技術に長けた敵に対抗するために、船体に鉄板を張った安宅船六艘を九鬼水軍に建造させた。

敵の炮烙玉による攻撃を防ぎながら、接近してくる船に大砲や鉄砲を撃ちかける。この戦法で完全に毛利水軍を圧倒し、痛撃を加えて追い払った。

天正七年（一五七九）三月になると、状況はさらに家康に有利になった。

御館の乱を制した上杉景勝が、景虎を亡ぼして家を継いだのである。

この内紛に際して勝頼は景勝を支援したために、景虎を支援する北条氏政と敵対することとなった。

これで上杉、武田、北条の包囲網は完全に崩れたのだった。

この知らせを得た家康は、北条氏政との同盟交渉を急ぐように酒井忠次に命じた。

「同盟したなら遠州灘の港を自由に使って良いと伝えよ。駿河一国を北条に与えても構わぬ」

北条と組んで東西から駿河を攻めれば、必ず武田を追い払うことができる。そのためならどんな条件も呑むつもりだった。

吉事はつづく。四月七日にはお愛が浜松城で男子を産んだ。

幼名は長松(ちょうまつ)。後の二代将軍秀忠(ひでただ)である。

同じ月の二十五日、勝頼がまたしても二万の軍勢をひきいて遠江に出陣し、高天神城の南の国安に布陣した。

家康は信康(のぶやす)とともに馬伏塚城、横須賀城の守備を固め、二十九日には武田勢を撤退させた。

勝頼がわずか四日で陣を引き払ったのは、出陣の目的を高天神城に兵糧、弾薬を入れることに絞っているためで、もはや遠江に攻め込む力を失っている。

しかも北条氏政との関係も悪化しているので、退路を断たれることを恐れて早々に引き上げたのだ。

家康は勝頼の窮状を冷静に読み解き、誘い出しにらみ合うこれまでの戦略が間違っていなかったと確信した。

（さあ来い、若僧）

これで勝ったと自信を深めながら、北条との同盟を急ぐように忠次に申し付けた。

七月で長松は三ヶ月になった。

首もすわり目もしっかりとして、抱きかかえると顔をまじまじと見つめてくる。その無垢な眼差しが嬉しくて、家康は足しげくお愛の部屋に通った。

「聡い児じゃ。きっと立派な武将になろうぞ」

家康はとろけるような顔をして飽かずに抱いている。

我が子がこんなに可愛いと思ったのは初めてだった。

「殿、安土の上様からご使者が参られました」

近習が告げたのは七月十六日のことだった。

「さようか。お通し申し上げよ」

長松の誕生祝いでも贈ってくれたか。そんな期待をしながら対面所に行ったが、待っていたのは険しい表情をした堀久太郎秀政だった。

「これは秀政どの、ご足労いただきかたじけない」

「三河守どの、ご当家にただならぬことがあり、内々に使いを命じられました」

「ただならぬこと、とは」

「岡崎城の信康どのに謀叛の疑いがあるゆえ、究明を遂げよとのご下命でございます」

「信康が、謀叛……」

家康は一瞬何を言われているのか分からなかった。

まるで夢の中の一場面のように現実感がなかった。

「これをご覧下されませ」

秀政が一通の書状を差し出した。

岡崎城にいる徳姫から信長にあてたもので、信康が鞆の浦の足利義昭と通じ、謀叛を企んでいると記されていた。

主謀者は信康の重臣である中根政元で、家康を岡崎城に誘い出して幽閉し、信康を徳川家の当主として将軍方に寝返る計画を立てていた。

そのことに気付いた徳姫の侍女を、政元は斬り捨てたという。

「まさか、こんなことが」

あるはずがないと、家康は悪夢の中にますます深く引き込まれていく気がした。

「徳姫さまの使者によれば、中根政元らは将軍家に忠誠を誓う証として、徳川勢の陣容を武田に知らせておりました。また昨年末には三河湾から信州に運ぶ塩の中に弾薬を忍ばせ、武田に売り渡していたそうでございます」

「信じられぬ。何か証拠があるのでしょうか」

家康は内心身構えた。

水野信元（みずののぶもと）と同じ罠（わな）にはめられるのではないか。そんな不安が背筋を走った。

「二ヶ月前に、徳姫さまの侍女が斬られたのは事実です。しかし、それ以上のことは分かりません。それゆえ上様は、事の真偽を確かめよとおおせでございます」

「分かりました。できるだけ早く真偽を質（ただ）し、ご報告申し上げます」

「ならば十日以内にお願い申し上げます」

「当家の命運に関わることゆえ、たった十日では」

「我らは摂津（せっつ）の荒木村重（あらきむらしげ）の謀叛に手を焼いております。その上徳川どのまで将軍に通じておられるとあれば由々しき大事。悠長に構えているわけには参りませぬ」

秀政は厳しく申し付けて帰っていった。

家康はすぐに岡崎城に使者を送り、平岩親吉（ひらいわちかよし）と石川数正（いしかわかずまさ）を内密に呼び寄せた。酒井忠次と服部半蔵も同席させ、富士見櫓（ふじみやぐら）の茶室で対応を協議した。

「このような疑いがかけられておる。何か心当たりはあるか」

家康は徳姫の書状の写しを皆に示した。

四人は四方からのぞき込み、途方に暮れた顔で黙り込んでいる。中でも信康の守役である親吉は大きな衝撃を受けていた。

「どうじゃ、親吉。そちは」

「申し訳ございません。近頃はお側に召されることも少なく、何も気付きませんでした」

「どうやら中根政元が陰謀の張本人のようだが」

徳姫の侍女を斬ったのは事実かとたずねた。

「奥女中の一人が急病で他界し、不浄門から城下の寺に運ばれたとは聞いております」

「それが斬られた侍女であろう。中根に厳しく問い質さねばならぬな」

「しかし、若殿がそのようなことを企んでおられたとは」

とても信じられないと、親吉が悲しげに頭を振った。

「数正、そちはどうじゃ」

「不穏な気配を感じることはありましたが、まさかこんなことがあろうとは思いも寄りませんでした」

「ほう。この嫌疑は事実だと認めるような口ぶりではないか」

「それはこれからの取り調べで明らかにするべきでございましょう。しかし侍女が死んだのが事実なら、そうした企てがあったことを前提として対処すべきと存じます」

眉間が広く鼻が低い数正の顔は、ひどく間伸びして凡庸に見える。ところが家中随一の切れ者で、人が考えもしないことを平然と言う。

それが家康には、時々ひどく憎らしく思えた。

「不穏な気配とは何じゃ。信康のどこが穏当ではなかった」

「若殿が、という訳ではございませぬ。岡崎と三河の形勢でございます」

ひとつは天正四年以来、武田が出陣してくるたびに信康も三河衆をひきいて出陣していたが、それが大きな負担になっていたと、数正は思ったことを遠慮なく口にした。

武田勢を誘い出して対峙する戦法を取れば、痛手を受けるのは敵の方だと家康は考えていた。

だがそれは遠路出陣する三河衆も同じで、信康に対する三河衆の不満が高まっていたという。

「それはわしも気にかけておった。それゆえ三河衆には岡崎在郷を免じたのだ」

昨年（天正六）九月、家康は三河の国衆に岡崎城下の屋敷を引き払い、自分の居城に住むことを許した。

たび重なる出陣を強いられている国衆にとって、岡崎と本領の二重生活は負担が大きいからである。

「殿は若殿のご意向も確かめずに、それをやってしまわれました。それゆえ若殿は面目を潰されたと思われたのではないでしょうか」

「数正、それは言いすぎじゃ。殿はちゃんと若殿の了解を取っておられる」

忠次が家康を傷付けまいと口をはさんだ。

「お言葉でござるが、すでに決めてから了解を取ったのでは、有無を言わさず命じたのと同じでございましょう」

もうひとつの不穏は、四年前の大賀弥四郎の謀叛事件を根本から解決していないことだと、数正は追い打ちをかけた。

長篠の戦いの直前、弥四郎は山田八蔵、倉知平左衛門らと共謀し、武田勢を岡崎城に引き入れて三河一国を乗っ取ろうとした。

ところが山田八蔵の密告によって事が発覚し、弥四郎は見せしめのために鋸引きの刑に処された。

また弥四郎の妻と老母と三人の子供も、念志原で磔にされた。武田勢と長篠の戦いにのぞむ直前のことだ。

そんな時に信康の重臣の中から謀叛人が出たことは、家康にとって大きな衝撃だったが、家中の混乱をさけるために弥四郎とその周辺だけに処分をとどめた。

ところが謀叛の根はもっと深く、弥四郎の背後には、信康を押し立てて徳川家を乗っ取ろうとする三河譜代の重臣たちの策謀があった。

しかもこの主謀者は瀬名（築山殿）だという噂もあった。

出家した瀬名のもとには多くの尼僧や巫女が出入りしていたが、その中に武田の間者がいたのである。

持病の癪に苦しんでいた瀬名は、その間者から唐人医師西慶（減敬ともいう）を紹介され、病気を治してもらった。それ以来すっかり信用して何くれとなく相談していたが、西慶は勝頼直属の忍びだった。

そして計略が成った後には信康を後継ぎにするという条件で、瀬名を弥四郎らの謀叛の主謀者に仕立てたというのである。

家康もそうした報告は受けていた。

しかし確たる証拠があるわけではないし、瀬名本人が強く疑惑を否定したので、それ以上の追及はしなかった。

長篠の戦いの後、信康が信長の直属とされ、佐久間盛次（さくまもりつぐ）が目付（めつけ）として派遣されていたことも、真相の追究を困難にしていた。

もし瀬名や三河譜代の重臣たちが武田と通じていたことが明らかになれば、信長に三河一国を取り上げられかねない。

それゆえ数正が言う通り、すべてを曖昧（あいまい）にしたまま表面だけを取りつくろってきたのだった。

「それが皆の心に澱（おり）のようにわだかまっております。それがしが不穏な気配と申し上げたのは、そのことでござる」

「この点について、守役としてはどう思う」

家康は冷静になろうと努めながら親吉に話を向けた。

「わだかまりは残っていると存じます。若殿はまるで殿の処分に反発するように、あの事件に関わりのあった者の縁者を重用しておられます。それがしも何度か意見申し上げたのですが、お聞き届けいただけませんでした」

信康が重用している中根政元は、三方ヶ原の戦いで華々しく討死（うちじに）した正照（まさてる）の次男である。

これは大いなる誉（ほま）れだが、一方で正照の娘は大賀弥四郎に嫁いでいた。念志原で磔にされた妻は政元の姉、三人の子は甥や姪（めい）に当たる。

それゆえ内心では家康に恨みを抱き、大賀弥四郎事件の残党と連絡をとって、謀叛を企てているのかもしれなかった。

「信康がなぜわしの処分に反発する。間違った処分をしたわけではあるまい」

「申し訳ございません。若殿が殿の処分に異を唱えられたわけではなく、それがしがそのように感じただけでございます」

「そちは何故そう感じた」

「若殿のお言葉の端々に、殿とはちがう道を行こうとしておられる気持ちが表れていたからでございます」

「ちがう道とは」

家康はこだわった。

問題の本質はここにあると、直感が告げていた。

「信長公への反発でございましょう。表面では殿のお考えに従うふりをしておられましたが、内心ではあのようなやり方は王道ではなく覇道だと考えておられたのでございます」

「それは親吉、そちが教えたことであろう」

「幼い頃に政治の理想は王道にあるとお教えいたしました。それが罪とおおせられるなら、いかような処罰も受ける覚悟でございます」

親吉が信じる王道とは、天皇の命を受けた征夷(せいい)大将軍が幕府を開いて天下を治めるやり方である。

源頼朝(みなもとのよりとも)の鎌倉(かまくら)幕府や足利尊氏(たかうじ)の室町(むろまち)幕府は、それを理想としている。

こうした倫理観は多くの武士が持っているものだが、信長は新しい日本を築くために真っ向からこれを否定している。

そうして鞆の浦の将軍義昭と、天下を二分した戦いをくり広げているのだった。

「罪とは言わぬ。だが信康が上様ではなく将軍義昭公に心を寄せているとすれば由々しきことだ」

「問題はこれからどうするかでござる」

忠次が煮詰まりすぎた話の矛先を変えた。

このまま本音をぶつけ合えば、抜き差しならぬところまで進みかねなかった。

「ともかく早急に中根政元の動きを封じること。若殿や重臣たちから事情を聞き、真相を究明することが肝要と存ずる」

この提案に親吉も数正も同意し、忠次とともに岡崎城に乗り込んで事の真偽を確かめることにした。

「半蔵、唐人医師の西慶という者は、武田の忍びだと申しておったな」

弥四郎の事件の後に瀬名に疑念の目が向けられた時、家康はそのことについて服部半蔵に調べさせていた。

「御前さまに近付くために、武田の忍びが唐人医師に化けていたのでございます」

「その者たちが、今度も瀬名や信康に近付いているかどうか探ってくれ」

報告期限の七月二十六日、家康は四人を再び浜松城に集めた。

「中根政元が徳姫さまの侍女を斬ったのは、まことでございました。若殿の寝所の庭に忍んでいたゆえ、討ち果たしたと申しております」

親吉が苦渋の報告をした。

「密談を聞かれたということだな」

「侍女は徳姫さまにつけられた織田の忍びで、様子をさぐっていたのでございましょう」

「殿、我らはすでに岡崎城内の要所を押さえており申す」

忠次がこれまでの経過を説明した。

軍事的に城内を制圧した後、信康の近習や直臣（じきしん）をすべて拘束し、それぞれ別の部屋に監禁して厳しく取り調べた。

すると信康が武田方に情報を流していたことも、塩座（しおざ）の者に命じて弾薬を信州に運んでいたことも事実だと分かった。

情報を流し始めたのは、昨年（天正六）六月に横須賀城がほぼ出来上がった頃から。奥三河の街道を使って弾薬を運ぶようになったのは、同年十月に武田勢が遠江に出陣してきた頃からだという。

「それは将軍義昭公に忠誠を誓う証だと聞いたが、まことか」

家康の額に汗がにじんだ。

脇の下もべっとりと濡れていた。

「誰も知る者はおりません。中根政元は口を閉ざしておりますし、若殿は奥御殿に引きこもられたままでございます」

奥御殿には徳姫と二人の娘がいるので、忠次らは手を出しかねていたのだった。

「半蔵はどうじゃ。何か分かったか」

「こたびは武田の忍びは動いておりません」

「瀬名は関わっておらぬということだな」

「四年前に唐人医師になりすましていたのは、武田に雇われた忍びでした。しかし岡崎城の乗っ取りに失敗したために、放逐されたのでございます」

「それでは誰が、信康との連絡役をつとめていたのじゃ」

「それは分かりません。岡崎城に出向いて調べることはできますが」

「そうせよ。渡りの忍びとは厄介なことだ」

家康は信長あての書状を手早くしたため、忠次に安土城に行って調査の結果を報告するように命じた。

「堀久太郎秀政どのに取り次ぎを頼め。これからわしが岡崎城に乗り込み、お疑いの件を明らかにすると伝えよ」

八月三日、家康は二千の精鋭をひきいて岡崎城をたずねた。

城はすでに親吉や数正が掌握し、平穏を保っている。

信康は奥御殿にいるというので、徳姫らを人質に取っているのかと思ったが、そんな緊迫した状況ではなかった。

翌日、家康は信康と対面した。

信康はすでに覚悟を定めたらしく、白小袖に脇差（わきざし）という姿で対面所に現れた。

「やつれたな。飯は食っておるか」

「いただいております。量は少なくなりましたが」

「このようなことになるとは、今でも信じられぬ。これが徳姫の訴状の写しじゃ」

家康は書状を差し出したが、信康は手に取ろうとしなかった。青ざめた顔をして、うつろな目を向けたばかりである。

「読まぬのか」

「何が書かれているか、すでに知っております。親吉や忠次から聞きました」

「わしを幽閉して将軍方に寝返る計略をめぐらしていたというが、相違ないか」

「徳姫が記した通りでございます」

「なぜじゃ。何が不満で謀叛など企てた」

「…………」

「誰かにそそのかされたのであろう。武田の手の者か、将軍の使者か、それとも大賀弥四郎の一味の者か」

家康は矢継ぎ早に問い詰めた。

そうでなければ信康がこんなことをするとは思えなかった。

「答えよ、信康。誰がそなたを……」

「それがしの一存でやったことでございます」

信康は叫ぶような声で家康の言葉をさえぎり、切腹でも打ち首でも磔でも存分になされるが良いと言った。

「いや、そうはいかぬ」

家康は気持ちを立て直して信康と向き合った。

「今度の企ては、四年前の大賀弥四郎の謀叛の究明を曖昧にしたために起こったことだ。今こそすべてを明らかにして、家中の膿を出しきらねばならぬ」

「ならば申し上げますが、それがしと父上は水と油のように混じり合うことはありません。それがすべてでございます」

「なぜ混じり合わぬか、ゆっくりと理由を聞かせてもらおう。今日から表御殿の虎の間に移ってもらう」

虎の間は四方に柵を巡らした監禁のための部屋だった。

（水と油か……）

家康はさすがに痛手を受けていた。

幼い頃に駿府から引き取って以来、元服した九歳までずっと瀬名に養育を任せてきた。母子を引き離すまいという配慮からだが、信康とともに過ごす時間を持たなかったことが、越えがたい心の溝を生んだようだった。

家康は瀬名に会おうと思った。

瀬名なら信康の気持ちが分かるだろう。謀叛を企てた本当の理由も知っているかもしれない。

そう考えたからだが、瀬名と向き合うのは気が重い。それに瀬名がこの件に関わっているかいないか、まだはっきりとは分からないのだった。

家康は奈落の底に一人で突き落とされた気がした。

息子には拒まれ、妻とは本音を話せない冷たい間柄である。

桶狭間の戦いに敗れて以来、必死で戦乱の世を生き抜き、三河、遠江を領する大名になったのに、ふり返ると後ろには何もなく、荒涼たる風が吹き荒れていた。

正午近くになった頃、酒井忠次が安土城からもどってきた。

「おおせの通り堀秀政どのに取り次ぎを頼み、事をすみやかに運んでいただき申した。上様は真相を究明し、応分の処罰をせよとおおせでござる」

「処罰については、わしに任せるということだな」

「応分の、という言葉は重うござる。上様に納得していただける計らいが必要でございましょう」

「信康は罪を認めておる。しかしわしには、なぜこんなことを企てたのかどうしても分からぬ」

家康は忠次の実直な顔を見て、思わず涙を浮かべた。

「そのことについて、堀秀政どのが耳打ちをして下され申した。若殿に調略を仕掛けたのは一色藤長。三河の一向一揆に手を回して謀叛に加担させたのは、本多弥八郎正信のようでございます」

「弥八郎だと。まことか」

「中根政元が斬り捨てた侍女は、織田の忍びでござった。秀政どのは侍女からの報告を受け取っておられたのでござる」

「そうか。そういうことか」

謀叛の企ては徳姫の訴えによって発覚したのではなく、忍びの報告によって明らかになったのである。

「将軍の側近からの調略ゆえ、若殿も心を動かされたのかもしれませぬ」

「将軍の側近が何じゃ。わしはあれの父親だぞ」

語気鋭く吐き捨てると、家康は力ずくでも真相を聞き出そうと虎の間をたずねた。

「殿、くれぐれも短慮は禁物でござるぞ」

落ち着かせようとする忠次をふり切って、家康は虎の間に踏み込んだ。

信康は白小袖を着たまま、文机（ふづくえ）に向かっていた。背筋の伸びた端正な姿を見ると、家康はふいに抱き締めてやりたい衝動に駆られた。

「何を書いておるのじゃ」

「写経の真似事（まねごと）をしておりました」

写しているのは『般若心経（はんにゃしんぎょう）』である。信康がこんな修養をしているとは意外だった。

「喜べ。そちの企てを上様に訴えたのは徳姫ではなかった。侍女として送り込まれていた忍びじゃ」

「そうでしたか」

「しかし、忍びを入れていると言うわけにはいくまい。それゆえ上様は、徳姫が訴えたということになされたのだ」

正室に裏切られたのではなかったことを知れば、無念も少しは薄らぐだろうと思ったが、信康はほとんど何の反応も示さなかった。

「中根が斬り捨てたのは、その忍びだったのだろう。そちが誰と連絡を取っていたか、織田家に筒抜けになっていた。一色藤長と本多弥八郎に相違ないな」

「一色どのの使者と会い、事が成ったあかつきには三河と遠江をそれがしに、駿河を今川氏真どのに与えるという将軍の御内書をいただきました」

「氏真どのも、この件に関わっておられるのか」

「いいえ。今川家は足利一門ゆえ、義昭公が望まれたのでございましょう」

「瀬名は……、母上はどうじゃ。そちの企てに加わっておったのではあるまいな」

今川家を再興するとは、瀬名が望んだことかもしれない。そんな疑いが家康の脳裡をよぎった。

「母上は何もご存じありません。父上の方こそ、内心では将軍家に身方しておられると、一色どのの使者は申しておりました」

「それは見え透いた調略じゃ。そのような手に乗せられたわけではあるまい」

「信じたわけではありません。しかしその証拠だと、このような書状を渡されました」

信康が文机の引き出しから取り出したのは、天正三年（一五七五）二月十二日付で家康が一色藤長に送った書状である。

この中で家康は将軍義昭の無事を喜び、藤長が浜松にたずねて来るなら歓待すると記していたのだった。

「これは身方のふりをして、敵の内情を探り出すために書いたものじゃ。本意ではない」

「殿のおおせの通りでござる。上様もこの書状のことはご存じでしたが、何のお咎(とが)めもありませんでした」

自分はその場に同席していたと、忠次が懸命に家康を庇(かば)った。

「しかし一色どのは、この書状をこのように悪用しておられます。おそらく大賀弥四郎らの謀叛の時にも、この書状が使われたのでございましょう」

「それは、わしも案じていた」

家康は正直に非を認めた。

この書状を出してから二ヶ月もしないうちに、弥四郎らの謀叛が発覚したのである。何らかの関係があるかもしれないと内心後悔していたが、その危惧を誰にも明かさなかった。

弥四郎事件の究明の矛先が鈍ったのは、そんな後ろ暗さのせいかもしれなかった。

「しかしそれなら、一色が調略を仕掛けてきた時、わしに相談してくれれば良かったのだ」

「ご安心下さい。こんな書状に惑わされるほど未熟ではありませんから」

信康が書状を忠次に渡し、早く処分せよと申し付けた。

「ならば弥八郎か。そちの心を動かしたのは」

「弥八郎とは一向宗の寺で二度会いました。何とも怪物じみた男でございます」

「あの者は何と言った」

「天下をご覧あれ。荒木村重も松永弾正も公方さま方となり、織田の重臣たちも内輪で争っている。今ここで若殿が徳川家を公方さま方になされたなら、半年のうちに信長の首は京の四条河原にさらされることになる。そう申しておりました」

「たわけが。根も葉もないことを」

「それがしが同心するなら、父上は自分が説得すると弥八郎は申しました」

だから岡崎城に幽閉するだけでいいと実行を迫ったという。

「説得した上で、自分が父上の参謀になる。そうして信長に決戦を挑めば、織田の軍勢を叩き潰すことなどたやすいと、愉快そうに酒を呑んでおりました」

「そちが決断したのは、あやつの口車に乗せられたからか」

「弥八郎はこうも申しました。信長のやり方では、絶対に天下は治まらぬ。近々誰かに殺されるにちがいないと」

「弥八郎の言葉などどうでも良い。そちはどう考えているのじゃ」

家康は苛立ちに語気を荒くした。

「王道でなければ、国は治まらぬと思います」

「幕府に従うべきと申すか」

「この国は天皇と朝廷が治めるべきものです。将軍は天皇から国を治める大権を託され、各大名に領国の統治を任せてきました。これが大義名分であり王道でございます」

信康はよどみなく言い切り、しばらくためらってから言葉をつづけた。

「しかるに信長公はこうしたやり方を無視し、己の力で天下を切り従えようとしておられます。意見を異にする者を道理ではなく力でねじ伏せようとなされる。それゆえ無慈悲なな斬りをつづけざるを得なくなるのです」

「確かに朝廷と幕府によってこの国は治められてきた。だがそれでは世の中に対応することができなくなったために、百年ちかくも戦国乱世がつづいておる。上様はそれを改め、新しい国を築こうとしておられる。それは決してご自分のためではなく、日本がポルトガルやスペインに支配されることを防ぐためなのだ」

「そうでしょうか。堺を支配してポルトガルとの貿易を独占し、もっとも利益を得ておられるのは信長公ではありませんか。朝廷の反対を無視して、イエズス会の宣教師に洛中での布教と居住を許されたのは、彼らに貿易の仲介を頼むためだと聞いております。これではポルトガルの走狗になり下がったようなものです」

「信康、言葉を慎め」

「それがしの考えを聞かせよとおおせゆえ、包み隠さず申し上げています。このままでは信長公は、朝廷さえ意のままにし、皇統を断とうとなされるかもしれません。それでも父上は、信長公に従うとおおせられるのですか」

「そのようなことにはならぬ。そちを身方に引き込むために、一色藤長や弥八郎が、ありもしないことを吹き込んだのだ」

「父上、それがしはもう二十一ですよ。父上が今川を裏切って、信長公と同盟を結ばれたのと同じ歳です」

「う、裏切ってだと」

家康は絶句し、血走った目で信康を見据えた。

初めて本音をぶつけてきた息子の顔は、母親の瀬名や祖父の関口義広（せきぐちよしひろ）に嫌になるほど似通っていた。

「若殿、いくら本音とはいえ、お言葉が過ぎましょう。殿もそうむきになられずとも」

忠次が父子の間に入ってなだめようとした。

「余計な口出しをするな。信康、そこまで言うなら、己の覚悟を行動で示してみろ」

「それゆえ切腹にでも打ち首にでも、存分になされるがよいと申しました」

「たわけが。命を差し出すことなど、覚悟を示すことではないわ。己の信念に従って謀叛を企てたと言うなら、将軍方として兵を挙げてみよ。三河衆や一向一揆の輩（やから）を集めて、わしの首を取りに来るがよい」

家康は鬼の形相（ぎょうそう）で立ち上がり、今すぐ近習、家臣を集め、共謀者の城へ向かうがよいと言った。

「殿、落ち着いて下され。おたわむれが過ぎまするぞ」

忠次が袴の腰に取りついて座らせようとした。

「やかましい。実の息子に虚仮にされて黙っていられるか。文句があるなら、そちも信康方となって攻め寄せて来るがよい」

家康は新陰流直伝の体術で忠次をふり払い、親吉と数正に信康派を菅生曲輪に集めるように命じた。


初秋の陽が西の山々にかかり始めた頃、信康と中根政元、それに二百人ばかりの信康派の面々が戦仕度をして川船に乗り込んだ。

行き先は大浜城（碧南市音羽町）。

知多湾の奥まった所で、水野家の本拠地だった緒川城にも近い。家康に批判的な安城松平家や三河一向一揆の勢力圏である。

岡崎城の南を流れる乙川を下り、矢作川に出れば、一刻（約二時間）ばかりで着くことができた。

家康は城内の武器庫を開け放ち、必要な武器、弾薬を好きなだけ取らせると、

「よいか。わしは西尾城（西尾市錦城町）で迎え討つゆえ、同志の者共と語らって

攻め寄せて来い。見事にこの首を取ったなら、三河も遠江も存分にするがよい」

乙川の船着場に仁王立ちになり、早く船を出せと追い立てた。

翌日、家康は忠次や松平家忠ら一千の兵をひきいて西尾城に移り、城主の酒井重忠と信康勢を迎え討つ仕度をした。

西尾城は矢作川を間にして大浜城と向き合っている。

信康が安城松平家や一向一揆、水野の残党をひきいて挙兵したなら、矢作川を越えて一気に叩き潰すつもりだった。

後に「石橋を叩いて渡る」と評されたほど慎重な家康が、謀叛を企てた信康を野に放つことなどありえない。

端から見ればそう思われる不可解な行動だが、家康はまだ三十八歳で、短気だった頃の青春の尻尾を引きずっている。

信康に大きな口を叩かれ、そうせずにはいられない怒りとやる瀬なさにとらわれていたのだった。

余談だが、この間の父子の動きについて、西尾城に出陣した松平家忠は日記（『家忠日記』）に次のように記している。

〈三日、浜松より家康岡崎へ越えられ候。
四日、御親子仰せられ様候て、信康は大浜へ御退候。
五日、（家忠が）岡崎へ越え候へば、家康より早々弓、鉄砲の衆連れ候て、西尾へ越え候へ仰せられ候て、西尾へ越え候。家康も西尾へ移られ候。会下に陣取り候〉

四日に「御親子仰せられ様候て」と記しているのは、二人の間で激論が交わされ、折り合いがつかないまま信康を大浜城へ行かせたことを示している。

興味深いのは、家忠が家康と呼び捨てにしていることだ。

家忠は深溝（ふこうず）松平家の第四代当主で、この年二十五歳。特別に親しい間柄とも思えないのに呼び捨てにしているのは、徳川家の自由で風通しのいい人間関係を示していて興味深い。

家康は本気で父子の決闘にのぞむつもりだったが、もはや信康に軍勢を集めて挙兵する力はなかった。計略がもれたことを承知で馳（は）せ参じる者はなく、大浜城で恭順の姿勢を示すばかりだった。

家康はそれを見届けると八月七日に岡崎城にもどった。

朝から雨が降る陰鬱（いんうつ）な日で、家康の心も重い。たとえ負けると分かっていても、なぜ挙兵して意地を通さなかったかと、信康の腑甲斐（ふがい）なさが腹立たしかった。

翌日、安土城の堀久太郎秀政に書状を送り、信康を追放処分にすることを伝えた。

その文面は、おおよそ以下の通りである。

「今度、左衛門尉（忠次）をもって申し上げ候ところ、種々お懇（ねんごろ）の儀、その段お取り成しの故候。存意忝（かたじけな）く候。三郎（信康）不覚悟によりて、去る四日岡崎を追い出し申し候。なおその趣き小栗大六（おぐりだいろく）、成瀬藤八（なるせとうはち）申し入るべく候」

家臣の小栗と成瀬をつかわし、岡崎城から追い出したので何とか命だけは助けてくれるように頼んだのだった。

翌八月九日、家康は信康を大浜城から遠江の堀江（ほりえ）城（浜松市舘山寺（かんざんじ）町）に移した。

さらにその翌日には三河の有力国衆を集め、信康と内々に音信を通じないことを誓う起請文（きしょうもん）を出させた。

これで大方の始末がつき、後は信長からの返答を待つばかりである。

ほかにもう一つ、瀬名の問題が残っていたが、家康は瀬名と会って真偽を質すことに二の足を踏んでいた。

桶狭間の戦いから十九年、夫婦らしく心打ち解けて語り合ったことは絶えてない。互いに本心を隠したまま、信康のため亀姫のためと形だけの関係を維持してきた。

それが今川家を裏切り、瀬名の両親を死に追いやった償いだと、家康は瀬名の自由をできる限り尊重してきたのである。

もし今瀬名を問い詰めたなら、互いに隠してきた本心をさらけ出し、長年維持してきた関係を一挙に叩き壊すことになりそうな気がした。

（それより、これを機に遠ざけた方が良い）

家康の弱さと優しさが、そんな穏便な手段に向かわせようとしていた。

ところが瀬名は自分からやって来た。

国衆に起請文を書かせた日の夕方、

「お話ししたいことがあります。よろしいでしょうか」

取り次ぎも通さずにたずねてきた。

相変わらず陰気な尼装束で、顔の色もすぐれなかった。

「信康のことか」

「そうです」

「構わぬ。わしも話をしておかねばならぬと思っていたところだ」

「うっとうしい雨がつづきましたね」

「秋霖（しゅうりん）という。秋の長雨がきたのだろう」

二人は当たりさわりのない言葉を交わし、普通の夫婦のように向かい合った。

瀬名は意を決した静かな目を向けてくる。その目を正面から受け止めることが、家康にはどうしても出来なかった。

「夫婦になって二十二年になります。わたくしのような者を今までお側においていただき、かたじけのうございました」

「城を出るか。この機会に」

「わたくしのせいで、信康がこんなことになってしまいました。それくらいでは、とても罪を償えないと思います」

「どういうことだ。事を分けて話してくれ」

「あなたは、信康がなぜこのようなことを企てたとお考えですか」

「それが分からぬ。将軍家に身方し、三河の国衆や一向一揆と結託していたようだが、信康が本気でわしを葬り去ろうとしていたとは、どうしても思えぬのだ」

その覚悟があるなら大浜城で挙兵してみろとけしかけたのは、本心が分からないもどかしさがあったからだった。

「信康は……、わたくしを守ろうとしてくれていたのです」

「それは、どういうことだ」

「四年前の大賀弥四郎の謀叛の時、わたくしは武田勝頼に同意し、信康が三河一国を領有することを認めて下さるなら、お身方申し上げるという書状を送りました」

瀬名は表情ひとつ変えずに打ち明けた。

「それは西慶とかいう唐人医師の出入りを許していた頃か」

「そうです。その書状も西慶に託しました。謀叛の張本人は、このわたくしでございます」

「なぜじゃ。よもやその西慶と」

情を交わしていたのではあるまいな。家康はその言葉をすんでのところで呑み込んだ。

巷（ちまた）にはそうした噂があり、家康も一時は気にしていたが、本人の前で口にしたくはなかった。

「あなたが長篠での戦いに勝たれるとは思っておりませんでした。武田に負けて亡ぼされるより、信康の手に三河だけでも残してやりたかったのでございます」

「わしはそなたの両親を死なせ、今川を亡ぼした。心の内では憎んでいたのであろう」

「女子(おなご)は昔のことなど忘れます。この先わが子をどう生かすかだけを考えておりました」

「そうか。それゆえ大賀弥四郎は」

瀬名と信康を守るために、鋸引きにされても口を割らずに不敵な笑みを浮かべたまま死んでいったのだ。家康はそう思い当たった。

「しかし、それは四年前じゃ。今度のこととは関係あるまい」

「わたくしが出した書状は、勝頼の手元にあります。勝頼は信康にそれを告げ、身方をするように脅していたのです」

「………」

「もしこのことがあなたや信長さまに知れたなら、わたくしは即座に殺されましょう。それゆえ信康は、武田家や将軍家の言いなりになるしかなかったのでございます」

「それは……、勝頼が脅してきたのはいつのことじゃ」

「二年前の春、今川氏真公を牧野城から浜松城へ移された後でした。しかし信康はあなたとともに出陣中ゆえ、真偽を確かめることもできず、心乱れたまま武田勢とにらみ合っていたのでございます」

（高天神城に打ち回しをかけた頃だ）

家康はその時のことを記憶の底から引きずり出した。

確かに信康は落ち着きがなく、渡河の最中に奇襲された腹いせに近くの集落を焼き払い、村人を皆殺しにした。

それに八月から二ヶ月の間武田勢と対陣した時、自ら横須賀砦まで斥候に出て、武田勢は手薄なので奇襲するように進言した。

あれは早く決着をつけなければ、瀬名を救うことができないと考えていたからだろうか……。

「岡崎城にもどると、信康はすぐにわたくしに書状の件が事実かどうかたずねました。その通りだと答えた時の、信康の暗く悲しげな顔が今もまぶたに焼きついています」

瀬名は声を震わせ、僧衣の袖で涙をぬぐった。

「信康はそれでも屈することなく踏みとどまっていました。すると勝頼はわたくしの書状を一色藤長に渡し、藤長は信長さまにこれを渡すと言って信康を脅しつけたのです」

信長に知れたなら水野信元の二の舞いである。

追い詰められた信康は勝頼に情報を流したり、弾薬を塩座の者に信州まで運ばせることで、瀬名の書状を返してもらおうとしていたという。

「ところが勝頼はそれをあざ笑うかのように、昨年の冬と今年の夏に遠江に出陣し、信康に早く謀叛を起こすように迫ったのです」

「あれは」

そんな狙いがあったのかと、家康は己の愚かさに歯噛(はが)みした。

そうとは知らず、完全に優位に立ったと得意になっていた自分が浅ましい。

ちょうどお愛のもとに通い、むつみ合いながら「蟻地獄の計」などとほざいていたが、その頃には我が子が抜き差しならぬ窮地に追い込まれていたのである。

「信康もついに耐えきれなくなり、謀叛の仕度にかかるように中根に命じたのでございましょう。しかし、あなたに弓を引くことを、望んでいたわけではないのです」

「ならばなぜ、わしに相談してくれなかった」

「相談すればわたくしが殺されると思ったのでしょう。信元どのの一件も、間近で見ていますから」

「そなたが、そなたが言ってくれれば良かったではないか」

家康は無念に血走った目で瀬名をにらみつけた。

「わたくしが信康と話したのは、書状のことを聞かれた時だけでした。それ以後のことは、すべて推測でございます」

「話をしに来たのは何ゆえじゃ。信康の代わりに、自分を処罰してくれということか」

「わたくしはもう充分に生きました。しかし信康は、まだ先がある身でございます」

この首を差し出すことで信康を救えるなら、どうか役立ててほしい。瀬名はそう言って頭巾をはずした。

形のいい小さな頭を、美しく剃り上げている。

首も意外なほど細かった。

「上様に使者を送り、助命を願っているところだ。それが許されなければ、そなたの申し出を受けることになろう」

使者は二日後にもどったが、家康の願いはかなわなかった。

「情をかけては、他に示しがつかぬとおおせでございます」

使いをつとめた小栗と成瀬が復命した。

松永久秀、荒木村重が寝返った後なので、信長も態度を硬化させているという。

（やはり……、叶わぬか）

家康は天を仰ぎ、心が定まるのを待って瀬名を呼んだ。

「上様のお許しはいただけなかった。そなたの申し出を受けさせてくれ」

「かたじけのうございます。どうか信康だけは、生かしてやって下されませ」

瀬名は首にかけた念珠をはずし、信康に渡してくれるように頼んだ。

「最後に何か、望みはないか」

「お許しいただけますなら、もう一度駿河の国を拝みとうございます」

「ならば明日にも、浜松に向かうが良い。輿を仕立て、心利いた者を供につけよう」

浜松ちかくの高台からは、天竜川の向こうに広がる駿河の国をのぞむことができる。かなうものなら瀬名が生まれ育った駿府も見せてやりたいが、信康を助けるためにはぐずぐずしていられなかった。

翌日野中重政ら百人ばかりに警固され、瀬名は浜松に向かって出発した。長年苦楽をともにした侍女二人が、輿の側を歩いて従った。

八月二十九日、瀬名は敷知郡小藪村（浜松市中区富塚）の小高い山から駿河をのぞみ、心静かに念仏をとなえながら首を打たれた。

家康は瀬名の黒髪を添えて信長に事の次第を報告し、信康の命だけは助けてくれるように願った。

その間にも北条氏政との同盟交渉を急ぎ、その手柄と引き替えに信康の罪を許してくれるように、堀久太郎に書状を送って申し入れた。

それでも事態は好転しなかった。

信長は意固地になったように許そうとしない。久太郎からそんな知らせを受けた家康は、最後の賭けに打って出た。

信康を二俣城に移し、城主の大久保忠世以下五千の兵をひきいて信濃に攻め込ませることにしたのである。

「倅は武田に脅され、調略にはめられたのでございます。その罪を償うために、一命を賭して信濃一国を切り取らせ、上様に献上いたします。それゆえ、どうか」

名誉挽回の機会を与えてやってくれと懇願した。

これは羽柴秀吉の知恵に倣ったことだ。

手取川の戦いを前に勝手に陣払いをした秀吉は、「おわびに播磨一国を切り従え、鞆の浦の足利義昭を討ち果たし申す」と豪語し、信長の許しを得たのである。

秀吉に名誉挽回の機会を与えたのなら、信康も同様に扱ってほしい。家康はそう願ったが信長は許さなかった。

万策尽きた家康は、九月のある日、二俣城をたずねた。

信康は瀬名が斬られたと聞いて以来、粥しか口にしていない。やがて切腹の時がくると、身を清めているのだった。

「信長公の許しは得られなかった。これに逆らうことは、今のわしには出来ぬ」

そう言って頭を下げた。

上様ではなく信長公と言っていることに、自分でも気付いていなかった。

「承知しております。それがしが愚かなばかりに、父上にご迷惑をおかけいたしました」

「いきさつは瀬名から聞いた。どうしてわしに話してくれなかったのだ」

「母上を見捨てることは出来なかったのです」

「話してくれれば、何とかしてやれたかもしれぬ」

「信長公に知られたら、どうですか」

「…………」

「父上には他にも、側室やお子たちがおられます。しかし母上には、それがししかいないのです」

「それなら、なぜ大浜城で兵を挙げなかった」

「父上と……、父上と戦いたくなかったからです」

信康の目に涙があふれ、青ざめた頬を伝って流れ落ちた。

「そうか。辛い目にあわせたな」

「勝頼が横須賀砦に布陣した時、戦わせていただきとうございました」

（もし事情を知っていたなら）

そうしただろうと思ったが、今さら言っても詮方なかった。

「何か、言い遺したいことはないか」

「徳姫と二人の娘をお願いします。それから中根政元らに罪はありません。それがしを守ろうとしてくれただけです」

だから処罰しないでほしい。それが信康の最後の頼みだった。

九月十五日、信康は瀬名から託された念珠をかけ、二俣城で切腹した。介錯は服部半蔵がつとめたが、打ち落とされた首には念珠がかかったままだったという。

家康は約束を守った。

信康の重臣や近習は処罰せず、家中の重臣に仕えることを許した。他領に逃れていた大賀弥四郎の一族も呼びもどし、奥三河に定住することを許した。

憎むべきは勝頼の奸計である。

この年この時から、勝頼は単なる敵ではなく、妻子の仇になったのだった。

第三章

高天神城

高天神城周辺の地図

浜松城
天竜川
横須賀城
高天神城
小笠山
能ヶ坂
菊川
火ヶ峯
獅子ヶ鼻
中村
内海
三井山

徳川家の仏間に位牌が二つ増えた。

家康は浜松城に移った後、本丸御殿に先祖を供養するための仏間を作り、初代松平親氏から八代広忠までの歴代当主と親族の位牌を安置していた。

その列に築山殿（瀬名）と嫡男信康の位牌が加わったのである。

信康の切腹から一年。天正八年（一五八〇）九月十五日に、家康は親族と重臣を集めて一周忌の法要をおこなった。

参列したのは娘の亀姫と夫の奥平信昌、母の於大の方と夫の久松俊勝、側室のお万の方と七歳になった於義丸（後の秀康）、そしてお愛の方（西郷の局）が産んだ長松（後の秀忠）だった。

まだ二歳の長松は乳母に付き添われて神妙にかしこまっている。

お愛の方はつい五日前に福松丸（後の忠吉）を産んだばかりなので、産穢をはばかって出席していなかった。

重臣は酒井忠次、石川家成、鳥居元忠、松平康忠、本多忠勝、榊原康政ら十数人である。

まず三河の大樹寺から招いた住職が経をあげ、浜松城下の浄土宗の寺の僧たちがそれに和した。

おごそかな読経がつづく中、家康が焼香をして冥福を祈り、親族、重臣の順にそれに倣った。

家康は黒漆をぬった位牌をながめ、歳月の早さに思いを致していた。あれから一年がたったとは信じられないほどである。

悲しみや辛さをふり切ろうとがむしゃらに働いてきたので、季節の移り変わりに目をやる余裕さえ失っていた。

（なぜ助けてやれなかったのか……）

後悔が今も家康を苦しめている。

武田勝頼に脅されていると話してくれたなら何とかしてやれたという無念と、話すことさえできない親子関係しかきずけなかったという自責が、疼痛とともに胸にわき上がってくる。

どうして気付いてやれなかったのか。なぜ信康と向かい合い、腹を割って話す機会を作らなかったのか。

今さら取り返しはつかないと分かっているものの、一年の間そんなことばかり考えてきたのだった。

瀬名を斬り信康を自害させたことで、家康の心の中の何かが死んだ。

こんな罪をおかしたからには、もう二度と陣頭に立つ資格はないと、何者かに宣告されたように感じていた。

（妻子さえ守れぬ者に、国や天下を守れるはずがない）

その事実を厳然と突き付けられ、この世とのつながりを断ち切られたのである。

あの日から時間が止まったような気がするのはそのためだった。

（瀬名、信康、許せ）

うつろな目を位牌に向けた時、僧たちが読む『仏説阿弥陀経』が耳に飛び込んできた。

御仏がシャーリプトラ（舎利弗）に阿弥陀仏の名号を聞く功徳について語った件だった。

「シャーリプトラよ。もし善男子、善女人がいて、阿弥陀仏が名号を説くことを聞き、その名号を心にとどめ保ち考え、一日二日でも、三日四日でも五日でも六日でも、あるいは七日でも、一心不乱であるならば、その人の命が終わるときに臨んで、阿弥陀仏はもろもろの聖衆とともに、その前に現在する（現れる）であろう。この人の命終わるとき、心は、転倒しない。命が終わってすなわち、阿弥陀仏の極楽浄土に往生することができるのだ」

南無阿弥陀仏と一心不乱にとなえれば、臨終にあたって阿弥陀仏が現れ、極楽浄土に連れていってくれるというのである。

家康は読経を聞きながら、大樹寺で登誉上人と会った時のことを思い出した。

あれは織田信長から、武田信玄と同盟して今川家を攻めるように命じられていた時のことだ。

家康は決心をつけかね、大樹寺をたずねて己の心と向き合おうとした。

顔を合わすなり、登誉上人は家康の心中を見抜いたらしい。まず先祖の墓に詣でよと言い、次に本堂で『仏説阿弥陀経』を誦してくれたのだった。

家康はそれを聞きながら、自分は厭離穢土、欣求浄土の理想を実現するために生きていると改めて自覚した。そして信長とは目ざしているものがちがうと、はっきりと分かったのである。

読経が終わった後、登誉上人は、「信長公とそなたは、何がちがうか分かるか」

とたずねた。

はっきりとは分からないと答えると、上人は「極楽浄土があることを、信じられるか否かじゃ」と言った。

家康は浄土を信じている。だが信長にはそうした心はないという。

家康がなぜ浄土を信じる資質を持ったかと言えば、

「辛く悲しいことを数多く経験し、人が人であることの苦しみを、深く鋭く感じ取っておるからじゃ。この世だけしかないと思うなら、人はそうした辛さや悲しみから抜け出すことはできぬ。生老病死（しょうろうびょうし）の苦は、この世を越えた極楽浄土があると知らぬ限り、克服することはできぬのだ」

上人はそう教えてくれた。

その言葉が今になって、家康の胸に深々と突き刺さる。まさにこうした悲しみや苦しみは、この世を越えたものに身をゆだねない限り、乗り越えることはできないのである。

（あの糞坊主（くそぼうず）が……）

家康は限りない懐かしさにとらわれ、心の中で悪態をついた。

するとそれに応えるように、頭のどこかで上人の声が鳴り響いた。

「大切なことは、そうした世界観を持ちつづけることだ。そうすれば得意の時に傲らず、失意の時に臆せず、平常心を保って物事に対処できるようになる。御仏の教えも知らず、この世だけしかないと思っている輩の行く末など、たかが知れておるのじゃ」

なぜだろう。家康の胸に熱いものがこみ上げ、涙がとめどなくあふれ出した。二人を死なせてから初めて、自分の心と素直に向き合うことができたのだった。

法要の後、家康は富士見櫓に酒井忠次、鳥居元忠、石川家成を招いて茶会を開いた。点前はいつものように松平康忠がつとめた。

「これまでご苦労であった。お陰で二人の供養をしてやることができた」

家康は皆にねぎらいの言葉をかけた。

家中には謀叛人の供養をするべきではないという意見もあったが、忠次や家成がそうした者たちを説き伏せてくれたのだった。

「殿、泣いておられましたな」

忠次はもらい泣きしそうな顔をしていた。

「いろいろ思い出すことがあってな。自分の未熟さを突き付けられたのだ」

「しかし良うございました。憑き物が落ちたようなご様子でございます」

「高天神城攻めは、二人の弔い合戦にしたい。皆の知恵を貸してくれ」

家康は高天神城を攻略するために作った絵図を広げた。

真ん中に描いた高天神城を、小笠山、能ケ坂、火ケ峯、獅子ケ鼻、中村、大坂（三井山）の六つの砦が取り囲んでいる。

砦にはそれぞれ五百人前後の兵を入れ、武田勢が兵糧や弾薬を城に入れるのを阻止する態勢をとっていた。

包囲網の南西に位置する横須賀城には、大須賀康高を大将とする五千の軍勢がいて、武田の本隊が出てきた場合に備えていた。

「高天神城にこもる敵は、千五百ばかりでござる。しかも昨年の十一月以来、兵糧、弾薬の補給も絶えておりまする。四方から力攻めにすれば、十日か半月で落とせるものと存じます」

元忠が事もなげに言った。

「さようでござるな。冬になって雪が降れば、城攻めは厄介でござる。力攻めにするなら、十月末までに決着をつけるべきと存じまする」

長年掛川城を預かってきた家成は、あたりの地形に精通している。攻めるなら小笠山と大坂の砦から、尾根伝いに進むべきだと言った。

家康は絵図に見入ったまま意見を聞いていた。

冬になれば城攻めだけでなく、砦の守備についている将兵の負担も大きくなる。早く決着をつけた方がいいという意見はもっともだが、それだけでは弔い合戦にならないと考えていた。

点前畳についた康忠は、慣れた手付きで濃茶を練り上げ、袱紗とともに家康に差し出した。

近頃は茶の湯も格式張っていて、濃茶をいただく時には茶碗を袱紗で包んで口をつけるのが作法とされている。

名物の茶碗に手を触れないようにするためか、それとも別の意味があるのか分からないが、泉州堺や都で流行りはじめた作法を、康忠はいち早く取り入れているのだった。

「これはこの後、どうするのじゃ」

家康は濃茶を三度に分けてすすったものの、袱紗で包んだ茶碗をどう扱うのか分からなかった。

「そのまま茶碗を下に置かず、左衛門尉どのに手渡して下されませ」

康忠は茶の湯の師匠のように身ぶりをまじえて指導した。

「こうか」

家康が両手で差し出した茶碗を、忠次が危なっかしげな手付きで袱紗ごと受け取った。

手の指は節くれ立ち、掌には大きなたこができていて、その感触が家康の手の甲に伝わってきた。

「そちはいまだに槍の稽古をしておるのか」

「毎朝半刻（約一時間）、欠かさずつづけておりまする」

「その歳になって、武者働きをすることはあるまい」

「年寄りだからとて、敵は手加減してくれません。年をとって足腰が弱ったからこそ、鍛錬が必要なのでござる」

五十四歳になった忠次は、渋く笑って茶碗を家成に回した。

家成から元忠へと渡った茶碗を康忠が納めるのを待って、家康は高天神城攻めの計略を打ち明けた。

「早期に決着をつけるべきだという意見はもっともだが、わしはこの戦を倅の弔い合戦にしたい。卑劣な調略で信康を死に追いやった勝頼を、後詰めの決戦に誘い出して討ち果たしたいのだ」

「ご心中はお察しいたしますが、勝頼はすでに長篠城で手痛い敗北を喫しており申す」

二度と同じ手は喰わないだろうと、元忠が異をとなえた。

「常の時ならそうかもしれぬ。しかし勝頼は北条と手切れし、東西から駿河を攻められる窮地におちいっている。これを打開するために、上様に和議を申し入れておるのだ」

「まことでござるか」

「常陸の佐竹義重に仲介を頼んで交渉を進めていると、堀久太郎どのが知らせてくれた」

「なるほど。大坂本願寺が上様の軍門に下ったために、なりふり構っていられなくなったのでございましょう」

忠次が言った通り、十年にわたって信長と戦いつづけてきた大坂本願寺は、半年前の閏三月七日、朝廷の仲介によって降伏し、大坂を去ることになった。

降伏した後は本願寺を明け渡すという条件だったが、何者かによって火が放たれ、上町台地にある寺は三日三晩燃えつづけたのだった。

「しかし勝頼が上様に和議を申し入れたことが、後詰め決戦とどう関わるのでしょうか」

家成がたずねた。

「勝頼は倅の仇じゃ。和議など絶対に認められぬ。わしは上様にそう申し上げる。そして勝頼の申し入れを認めるのは、この家康と男の勝負をしてからにしてくれと頼むのだ」

「和議を結ぶのは遺恨の決着をつけてからにしてもらいたいと、我を張られるのでござるか」

「勝頼は上様にとっても娘婿の仇だ。わしが断固たる態度を取れば、勝頼に勝負をするように申し付けて下さるだろう。元忠、そちが勝頼ならこれを受けるか」

「受けまする。しかし、勝頼にその度胸はありますまい」

「たとえ勝頼が望んだとしても、まわりが許さないのではありませぬか」

忠次が元忠の後押しをした。

「上様と和議を結べなければ、勝頼に生きる道はない。それに高天神城を救おうともせず見殺しにすれば、天下の面目を失うことになる。勝頼は必ず一か八かの勝負に出てくるはずだ」

「殿は面目を守るために三方ヶ原に出陣なされた。勝頼にも試練の門をくぐらせるのでござるな」

「そうじゃ。異存はないな」

家康は皆の同意を取りつけると、それぞれに役割を割りふった。

「忠次と康忠は安土に行き、上様から計略の了承を得てきてくれ。書状はわしがしたためるゆえ、堀久太郎どのを頼るがよい」

「承知いたしました」

二人が声をそろえて応じた。

「これ以後、安土との交渉は康忠に任せる。その挨拶も忘れるな。忠次はもどり次第北条と交渉し、勝頼との勝負の間は駿河に兵を出さぬように伝えてくれ」

「ならば上様からも、北条あてにその旨を伝えていただきましょう」

「家成は上杉景勝に使者を送り、わしが勝頼に男の勝負を申し入れたことを伝えよ。必ず勝頼を討ち果たすゆえ、今のうちに上様と和議を結ぶように勧めるのだ」

「当家に仲介を頼まれたなら、いかがいたしましょうか」

「むろん仲介役をつとめよう。元忠は横須賀城に行き、大須賀康高とともに高天神城の包囲網を厳重にせよ」

茶会を終えると、家康は服部半蔵を呼んで計略の詳細を伝えた。

「これを成功させるには、こちらの打つ手に勝頼がどう反応するか、逐一知っておかねばならぬ。甲府の配下との連絡を密にし、細大もらさず伝えてくれ」

「お任せ下され。すでに五十人ちかくの草を入れ、要所に配しております」

半蔵が自信を持って言い切った。

長篠の戦いで一万人ちかい将兵を失った勝頼は、軍勢を再編するために他国の浪人や廻国修行の武芸者を大量に雇い入れている。その中に伊賀者をまぎれ込ませていた。

「勝頼は弾薬をどうやって調達しておる。買い付ける手立てはあるか」

「上杉の助力を得て西国の商人から買い入れております。上杉景勝の配下には直江津を拠点にして廻船業を営んでいる者が多く、毛利領の商人と取り引きがあるのでございます」

石見銀山を持つ毛利家は、東南アジアに銀を輸出するのと引き替えに、大量の硝石や鉛を輸入している。これを直江津の商人が買い付け、武田に売り渡していたのである。

それから八日後の九月二十三日、堀久太郎秀政から使者が来た。

(忠次や康忠は、まだ安土に着いていないはずだが)

いぶかりながら対面すると、使者は思いがけないことを伝えた。

「上様は佐久間信盛が不届きであると、所領を没収した上で高野山に追放なされました」

「いつのことじゃ」

「一月前でございます。ついては水野信元どのの所領であった知多半島を、水野忠重どのに与えるとのご下知でございます」

使者が差し出した堀久太郎の書状には、水野信元の罪状は佐久間信盛の讒言だと明らかになったので、忠重に相続させることにしたと記されていた。

「できるだけ早く、水野忠重どのを安土に出仕させるように。主はそう申しております」

「承知した。十日以内には安土に着くようにさせよう。堀どのには常々お心遣いいただき感謝申し上げる」

礼物を持たせて使者を返した後、家康はしばらく茫然としていた。

やはり信元が正しかったのである。三方ヶ原の戦いの時に鉄砲で撃たれたことも、自分は無実だと言ったのも嘘ではなかった。

それゆえ家康に信長打倒の兵を挙げようと持ちかけ、拒まれると従容として腹を切ったのである。

あの時の信元の仕方なげな顔を思い出すと、家康の胸に鋭い痛みが走った。

信元には何ひとつ非はなかったのに、それを信じてやれなかったことが、後悔となって胸を咬むのである。

（今さら讒言だと認めても）

もはや取り返しはつかぬ。

しかもそれを仕掛けたのは信長自身ではないか。そんな憤懣がせり上がってくるのは、信康を死なせた無念があるからだった。

勝頼の調略に引っかかったのだから、信康が責められるのは当然である。しかし命を助け、名誉挽回の機会を与えてくれたなら、信康はそれに報いる働きをしたはずである。

それを頑として許さなかった信長への怒りが、我慢の地殻を突き破って溶岩のように噴き出してきた。

（あれは間違いだったと、いつの日か笑いながら言われるかもしれぬ）

そんな想像さえ浮かんで心は荒れ狂っている。

怒りのあまり何かを叩きつぶしたいほどだが、そうした激情に身を任せてはならないことを、今の家康はよく知っていた。

（南無阿弥陀仏、南無阿弥陀仏……）

深呼吸をくり返して気持ちを鎮め、丹田に気を集めて心の中で念仏をとなえた。現世だけが世界のすべてではない。十万億もの仏国土を過ぎた所には、極楽という理想の世界がある。そう瞑想した。

（穢土に生まれた我々が、苦しみを受けるのは当然のことだ。だからこそ阿弥陀仏の本願に身をゆだねなければならぬ）

　そうした考えが腹に落ちるのを待って、家康は近習を呼んだ。

「水野忠重を急ぎ出仕させよ。嫡男藤十郎（後の勝成）も連れて来るように」

　夕方になって二人がやって来た。

　信元の弟忠重は家康よりひとつ歳上の四十歳。今は家康に仕え、高天神城攻めに当たっていた。

　藤十郎は十七歳。二人とも信元に似た端整な顔立ちをして、小手とすね当てをつけた小具足姿をしていた。

「安土から知らせがあった。上様は信元どのに罪はなかったことを認め、知多の所領を忠重に与えることになされたそうじゃ」

　そう告げて堀久太郎秀政からの書状を渡した。

忠重は書状を読むと、表情ひとつ変えずに藤十郎に回した。

「どうした。嬉しくはないのか」

「終世殿にお仕えしたいと願っております。知多などもらっても嬉しくはござらぬ」

「上様の直臣に取り立てられるのじゃ。これから二人で、安土にお礼言上に行くがよい」

「それはお断り申し上げます」

「知多はいらぬと申すか」

「水野家の本貫地ゆえ、くれると言うなら頂戴いたします。されど藤十郎は」

このまま家康に仕えさせてもらいたいと、忠重が強情に言い張った。

「なぜじゃ。藤十郎を後継ぎにせぬのか」

「恐れながら、信長公は兄者の仇でござる。水野家の将来を託すわけには参りませぬ」

「さようか。ならば思うようにするがよい」

「当家の手勢はそのまま残していき申す。お役に立てるよう、藤十郎をお引き回しいただきたい」

忠重は藤十郎を家康に預け、近臣十人ばかりを従えて安土に向かった。

九月末になって、酒井忠次と松平康忠が帰ってきた。

「上様に殿のお考えを伝えたところ、面白いとおおせでございました」

高天神城を囮にして後詰め決戦をいどむ策を、信長が認めたのである。

「勝頼あての書状も、我らの目の前でしたためていただきました」

務めをはたした誇らしさに、康忠は晴れ晴れとした顔をしていた。

「佐久間信盛どのを追放したいきさつについても、上様から直にうかがいました」

忠次がその詳細を語った。

信盛は天正四年（一五七六）から大坂本願寺攻めの大将に任じられ、五万とも六万とも言われる包囲軍の指揮をとった。

ところが積極的な攻勢に出ることもなく、足かけ五年もの歳月を無為に過ごしたのである。

天正八年閏三月に朝廷の勅命によって本願寺と和睦した信長は、信盛のこうした無策を責め、十九ヶ条にわたる折檻状を突き付けて高野山に追放した。

その第一条には次のように記している。

〈一、父子五ヶ年在城の内、善悪の働きこれなきの段、世間の不審余儀なし。我々も思ひあたり、言葉にも述べがたき事〉

五年もの間在城していながら、たいした働きもせず、周囲の信頼を失った罪は筆舌に尽くし難い、というのである。

そして第五条では次のように責め立てる。

〈一、武篇道ふがひなきにおいては、属託を以て、調略をも仕り、相たらはぬ所をば我等にきかせ、相済ますのところ、五ヶ年一度も申し越さざる儀、由断曲事の事〉

武者働きをする度胸がないなら、人を雇って調略を仕掛け、それでも出来なければ我らに相談して解決すべきなのに、五年もの間何の相談もしなかったのは、油断でありけしからぬというのである。

また、信盛が信元の遺領である緒川城や刈谷城を預かりながら、それに見合う家来を雇わなかったことについても責めている。

所領からの年貢収入があるのだから、新たに家来を召し抱えればいいのに、年貢を蔵におさめ、売り払って金銀に替えたのは言語道断だというのだ。

かくて信長は信盛からすべての所領を没収し、嫡男信栄とともに身ひとつで追放した。

そして知多を信元の弟忠重に与えることにしたのである。

「奸臣の讒言にまどわされ、信元どのに切腹を申し付けたことは、痛恨のきわみである。上様はそうおおせでございました」

「安土で忠重に会ったか」

「会い申した。知多の所領を安堵されたばかりか、信元どのの回向料までいただいたそうでございます」

「さようか。有り難いことじゃ」

家康は本心を伏せてそう言った。

「佐久間どのにつづいて、上様は林佐渡守どの、安藤伊賀守どの、丹羽右近どのを追放なされたそうでございます」

「なぜじゃ。いずれも織田家譜代の重臣ではないか」

「詳しいことは分かりません。近頃上様は苛立っておられ、ささいなことで激怒なされると、堀秀政どのがおおせでございました」

「お疲れなのであろう。それに本願寺を降伏させたこの機に、家中を刷新しようとしておられるのかもしれぬ。逆鱗に触れぬよう、我らも用心しなければならぬな」

十月十二日、家康は五千の精鋭をひきいて横須賀城に入った。

三年前には武田勝頼が本陣をおき、家康、信康と二ヶ月ちかくも対陣した場所である。

その頃には松尾山を中心とした小さな砦だったが、今や家康の命によって強大な城が築かれ、遠州灘から湾入した内海を押さえる要害になっていた。

城には鳥居元忠が迎えに来ていた。

「殿、ご出陣おめでとうござる。お申し付けの通り、着々と包囲網をきずいており申す」

「武田の様子はどうだ」

「高天神城に封じ込められ、息をひそめております。これからご覧になられますか」

「すまぬが明日にしよう。浜松城からの強行軍で少々疲れた」

「それなら船でご案内いたしましょう。幸い今日は海も凪(な)いでおりますし、西からの風も吹いております」

元忠は一刻も早く案内したがった。

家康の姿を見れば、将兵たちが元気づくと言うのである。

「どうやら、休ませてはもらえぬようじゃな」

「何をおおせでござる。陣普請(じんぶしん)にはげんでいる将兵の苦労を思えば」

陣中視察など楽なものだと、元忠がさっさと船の手配を始めた。

家康は小早船(こはやぶね)に乗り、遠州灘を東に向かった。

正午を過ぎたばかりで、陽(ひ)は頭上から照りつけてくる。海は秋から冬に向かう深い群青(ぐんじょう)色をしているが、不思議なくらい静かに凪いで、油を照らしたような色に輝いていた。

西風はおだやかだが、帆に受ければ結構な追い風になる。

左右の艪棚(ろだな)に立った水夫(かこ)たちが声を合わせて艪をこぎつづけ、船は滑るように海の上を進んでいく。

その声を聞きながらのどかな海をながめているうちに、家康は不覚にもうたた寝をしていた。

浅いまどろみの中で夢を見た。

安土城の本丸御殿に出向くと、信長はいきなりお愛の方（西郷の局）と長松（後の秀忠）を斬れと命じた。

信長に対して無礼を働いたというのである。

「いったい二人が、どんな無礼を働いたのでございましょうか」

寝耳に水の話に当惑しながらたずねた。

「そのようなことを、そちに話す必要はない。余が無礼と思えばそれが無礼なのじゃ」

信長の顔は怒りに青ざめ、充血した目は吊り上がっている。

ふとふり返ると、お愛の方と長松が後ろ手に縛られ、中庭に引きすえられている。

ひどく折檻されたらしく、お愛の髪は乱れ、顔は腫れ上がっていた。

「恐れながら、瀬名と信康を失ってからは、お愛の方は正室、長松は世継ぎとして遇しております。道理もなく斬るわけには参りません」

「余の命令に従わぬと申すか」

「理由を聞かせていただきたいと申しております。理にかなったことなら、従わぬはずがございません」

「竹千代、このたわけが」

信長は突然立ち上がり、家康の顔を正面から蹴った。

「そちのような虫けらに、理由だ道理だと難癖をつけられるいわれはないわ。二人を斬れぬのなら、そちが代わりに腹を切れ」

のしかかるようにして迫る信長の目の底には、狂気の稲妻がひらめいている。

家康は丹田に力を込め、もはやこやつを斬るしかないと脇差に手をかけたところで、はっと目をさました。

まわりにはのどかな海が広がり、心地いい風が吹いている。水夫たちの掛け声は規則正しくつづき、船は順調に東に向かっていた。

（夢か……）

家康はほっと息をついた。

それにしては生々しい。信長に蹴られた痛みや怒りに震える感覚が体に残り、首筋にべっとりと汗をかいていた。

横須賀城から海上を二里半（約十キロ）ほど東に行くと、高天神城の南に広がる内海の入口に着く。

内海には菊川が流入し、東側から突き出した砂嘴の先に国安村がある。西側には浜野浦が広がっている。

かつて武田勢は国安に水運の拠点をおき、軍勢を浜野浦まで船で渡して、横須賀城への進撃の足がかりとした。ところが国安を維持する力を失ったために、高天神城への補給もままならなくなったのだった。

内海は高天神城の南四半里（約一キロ）の所まで迫り、そこには下小笠川が流れ込んでいる。

城の大手口にあたる畑ケ谷には、すでに徳川勢が付け城をきずいて敵の監視をつづけていた。

家康が乗った小早船は、下小笠川をさかのぼっていく。三年前に打ち回した時、信康らが武田の伏兵に襲われたあたりである。

大きな被害を受けた信康は、腹立ちまぎれに伏兵がひそんでいた川沿いの集落を焼き払い、住民をなで斬りにした。

あの時は何と未熟な振る舞いかと腹を立てたが、信康は瀬名の書状のことで勝頼から脅され、どうしたらいいか分からない状態におちいっていたのである。

その頃と変わらぬ景色をながめていると、信康の辛さが思いやられ、何もしてやれなかった悔恨が改めて胸にせり上がってきた。

やがて川の東側に惣勢山本陣が見えてきた。

天正二年（一五七四）に勝頼が高天神城を攻めた時に本陣としたところで、家康もここに本陣をおいていた。

惣勢山（標高五十二メートル）の頂においた本陣からは、半里ばかり西に位置する高天神城の様子が手に取るように分かる。

山頂が二つに分かれた鶴翁山（標高百三十二メートル）の地形を利してきずかれた高天神城は、東の尾根に本丸と御前曲輪、西の尾根に西の丸や二の丸を配している。

東の尾根の崖は高く険しいが、土木技術に長けた武田勢は、この崖を削り取って高さ十丈（約三十メートル）の切岸をきずいている。

しかもそれが二段になっているので、この方面から本丸や御前曲輪に攻め込むのは不可能だった。

「まさに難攻不落の構えだな」

二段に重ねた高さ二十丈の切岸をながめて、家康はため息をついた。

天正二年に高天神城を手に入れて以来、武田勢は鶴翁山が岩場のない堆積層の地形であることを活かし、切岸や空堀、竪堀や堀切など、ありとあらゆる手立てをつくして城の強化をはかってきたのだった。

しかし、こうした地形の特質を活かしたのは武田勢ばかりではない。家康も高天神城のまわりの山を削らせ、付け城を配して二重の包囲網をきずかせていた。

外側の包囲網は城の西の萩原口砦から北側の宇峠砦、東の火ヶ峰、南側は中村、神宮寺をへて三井山の砦にいたる四里（約十六キロ）にもおよぶ範囲である。

内側の包囲網は高天神城の北側の矢本山、東の山王山、南の畑ヶ谷や星川、西の林ノ谷に砦をきずき、空堀でつないでいる。全長は一里半（約六キロ）ほどで、鶴翁山のふもとをぐるりと取り囲んでいた。

「外側の包囲陣はすでに完成いたし申したが、内側はまだ半分ばかりしかできておりません」

元忠が絵図を広げて状況を説明した。

「それで良い。この先はゆるゆると普請を進め、勝頼の出陣を誘うのだ」

「承知いたしました。松平家忠（いえただ）に内堀の普請の指揮をとるように命じましたので、会ってやっていただきとうございます」

家忠は小柄で太り肉（じし）の体をした二十六歳になる若者で、丸い顔とギロリとした大きな目が印象的である。

五年前の長篠の戦いでは父とともに酒井忠次に従い、鳶ヶ巣（とびがす）山攻撃軍に加わって手柄を立てたが、父が戦死したために深溝（ふこうず）松平家を継いだ。

戦国時代の荒波を身を挺（てい）して乗り切ってきた一族だが、そうした気負いや悲壮感を感じさせない淡淡とした性格で、戦よりも城の普請などに才能を発揮している。先に紹介した『家忠日記』を残した律儀（りちぎ）な才人だった。

「陣中ご視察、ご苦労に存じます」

家忠が片膝をついて挨拶した。

「在陣の者こそ苦労が多いことであろう。これから寒くなるゆえ、兵糧や薪（まき）を絶やさぬように、万全の手配をしてくれ」

「すべての付け城に、薪と炭を運び込むよう手配いたしました」

「元忠にも命じてあるが、この先の普請は急いではならぬ。わざと隙を作って、武田勝頼を後詰め決戦に誘い出すのだ」

これから寒くなるという家康の言葉通り、翌日には初雪が降った。明け方から降り始めた雪が、周囲の山々をうっすらと染めていく。

この年の寒さは厳しく、徳川、武田双方とも大きな負担を強いられることになったのだった。

家康は横須賀城で指揮をとり、十月十九日には高天神城攻めの持ち場を決めた。

固めたのは下小笠川の東にきずいた外側の包囲網で、北から南にかけて石川康通（家成の嫡男）、本多康重（家成の女婿）、大須賀康高、酒井重忠（三河西尾城主）を布陣させた。

これは高天神城を攻めると見せながら、駿河から攻め寄せてくる武田勢に備えた構えである。

こうして外側の包囲網を盤石にし、徐々に内側の包囲網を強化していけば、武田勝頼は高天神城が完全に封じられる前に救援の兵を出さなければと焦るだろう。城内からも窮状を訴える使者を甲斐に送っていることは分かっていたが、家康はあえてこれを通過させ、勝頼を心理的に追い込むことにした。

その効果が行き渡った頃を見計らって、勝頼に挑戦状を送ることにした。

「態と一筆進上候。高天神表の儀、亡き信玄の頃より盾矛に及び、互いに鎬を削り候といえども、今や武田の勢い地に墜ち、我が掌中に帰すことは目前に御座候」

家康はこの十二年の武田家との鍔迫り合いを思い出し、筆に任せて文をつづった。

その内容を要約すれば、以下の通りである。

「そもそも争いの始まりは、永禄十一年（一五六八）に信玄との間で、今川家を亡ぼして駿河と遠江を分け合うという盟約を結んだことだ。ところが強欲な信玄は駿河だけでは満足できず、信長公と密約を結んで両川自滅の策をめぐらしていた。今川と徳川を戦わせ、駿河と遠江を武田が取り、三河を織田に与えるという、身勝手きわまりない計略である。

これを察した家康が、掛川城にいた今川氏真を助け、北条氏康と同盟を結んで東西から駿河を攻める手立てを巡らしたために、信玄はあわてふためいて甲斐に逃げ帰らざるを得なくなった。

その三年後、信玄はこの時の鬱憤を晴らすと言って遠江に攻め入ってきた。世間には信長公を滅ぼして将軍義昭公を助けると触れていたが、それが嘘だということは貴公が一番良く知っているはずである」

背筋に寒気が走り、家康はひとつ胴震いした。

明け方の冷え込みがきつい日がつづいたので、どうやら風邪をひきかけているらしい。ごくりと唾を飲むと、喉全体に痛みが走った。

「誰か、誰かある」

火鉢を持てと命じて、書状のつづきを書き始めた。

「その時すでに、信玄には信長公を倒して上洛する力などなかった。なぜなら信玄は病におかされ、余命いくばくもないことを本人が一番良く知っていたからだ。そこで信玄は、命あるうちに念願の遠江だけは手に入れようと、三万二千もの兵を動かして駿河と信濃から攻め入ってきた。

そうして二俣城を包囲し、家康を後詰め決戦に誘い出そうとしたが、こちらはその手には乗らなかった。武田家に入れた草からの知らせで、信玄の病が重いことを知っていたので、時を稼げばかならず先に動き出すことが分かっていたからだ。

案の定、信玄は三方ヶ原に上がり三河に向かうふりをして、浜松城にこもっていた我々をおびき出そうとした。

家康がこれを承知で出陣したのは、武門の棟梁としては当然のことである。領国が踏み荒らされ、家臣たちの城が危険にさらされている時に、自分の命を惜しんで城に立てこもっているようでは、棟梁たる資格はない。そう覚悟して乾坤一擲の勝負を挑んだ。

結果は貴公も知っての通りだが、天は家康を見放さなかった。一千ちかくの家臣を失ったものの、家康は無事に浜松城にもどることができたし、この切所を越えたことで家中の結束はいっそう強くなった。しかも勝ったはずの信玄は天に見放され、甲斐に引き上げる途中に、駒場で病が悪化して野辺の煙となった」

家康は文を書くのが好きである。

文章をあやつる素養と教養を兼ね備えているからだが、それ以上に人質として暮らしていた間に、人には言えない言葉を胸の内にため込んでいたことが大きかった。

言えなくてため込んだ言葉は、悔しくて眠れぬ夜などに独白となって次々と頭に浮かんでくる。声には出さずに延々と独白をつづけることで、無念に打ちひしがれそうな自分を支えたものだ。

その独白はやがて文を書く営みに変わり、筆を持てば諸々の言葉がわき水のように出てくるのだった。

「勝頼よ。なぜ信玄が病の身に鞭打って遠江を取ろうとしたか、貴公とて知っているであろう。自分が生きているうちに遠江を取り、遠州灘の港を押さえておかなければ、紀州への航路を織田と徳川に封じられ、弾薬を入手することができなくなる。そうなれば勝頼の力では、とても武田家を保つことはできない。信玄はそう考えて遠江に出陣したのだ。つまりは貴公の無力、無能が老父に無理を強い、陣中で非業の死をとげさせる結果を招いたのである。

この懸念はやがて現実になった。

貴公は天正二年に高天神城を攻め落としたものの、翌年五月には設楽ケ原の戦で我らに大敗し、譜代の将兵一万余人を死なせてしまった。そのために遠江を取るどころか、信玄から引き継いだ領国さえ守れない窮状におちいっている。

しかも旧交を復したばかりの北条家を裏切り、越後の上杉景勝に身方する失策をおかしたために、北条と徳川に東西から攻められ、信長公に和睦を乞う有り様である。

貴公は我らを出し抜いたつもりかもしれぬが、甲尾一和を申し入れたことについては、逐一安土から報告を受けている。

それを知った家康は、勝頼と決着をつけるまでは和議に絶対に応じられぬと信長公に申し入れた。

理由は言うまでもあるまい。

貴公は汚い調略を仕掛けて信康を脅し、徳川家を乗っ取らせようとした。それが露見したために、家康は信康と瀬名を殺さざるを得なくなった。

その苦しみ、怒り、無念は、信玄のもとでぬくぬくと育った貴公などにはとても分かるまい。それゆえ貴公と男の勝負をして妻子の仇を報じるまでは、絶対に武田との和睦など認めるわけにはいかぬ。

この思いはすでに信長公に伝え、了承をいただいている。それゆえこの家康を倒さぬ限り、織田と和睦することも、高天神城の将兵を救うこともできぬ。それにこの挑戦を受けずに高天神城を見殺しにしたなら、貴公は天下の面目を失い、譜代の重臣たちまでなだれを打って武田家を見放すであろう。

この道理が分かったなら、いさぎよく勝負に応じよ。北条氏政(うじまさ)どのには、勝負の間手を出さぬように頼んでおくゆえ、背後をつかれる心配はない。棟梁らしく勝負を受けて活路を見出(みいだ)すか、逃げ回った末に家を亡ぼすか、すべては貴公の決断ひとつにかかっているのである」

家康は一気に書状を書き上げ、大きく肩で息をついた。

問題はどうやってこれを勝頼にとどけるかである。直接本人に送りつけては無視されるおそれがある。誰か有力な家臣に送り、書状を読んだ上で勝頼に披露するように仕向けた方がいい。

そうすれば家康が対の勝負を申し込んだことは武田家の重臣たちに知られ、勝頼も知らないふりはできなくなる。

(これを受けなければ武門の恥だと、進言してくれる気骨のある者がいいのだが……)

家康は武田家の重臣の名を思い浮かべたが、山県昌景(やまがたまさかげ)や馬場(ばば)信春(のぶはる)のような名のある武者は長篠の戦いで討死（うちじに）し、今では頼り甲斐（がい）のある者はほとんどいない。強いて挙げるなら駿河を任されている穴山梅雪（あなやまばいせつ）か、岩殿山（いわどのやま）城の城主である小山田（おやまだ）信茂（のぶしげ）くらいである。

しかし梅雪は策略家肌なので、勝頼に進言するほどの度胸はないだろう。

（それに比べて小山田なら）

武者働きに長けていて、三方ヶ原の戦いでは別動隊に加わって徳川勢に痛撃を与えている。長篠の戦いでは勝頼本隊の殿軍（しんがり）をつとめて無事に甲斐まで退却しているので、勝頼の信頼も厚かった。

家康はもう一度筆を取り、信茂あての書状を書いた。

「自分の考えは勝頼公あての書状にしたためた通りである。ご一読いただき、無視すべきではないと思われたなら、御前にてご披露いただきたい。いさぎよく男の勝負をして面目を遂げ、和睦が成って身方になる日が来たなら、必ずご恩に報いるつもりである。他に頼るべき方もないので、こうしてお願い申し上げる次第である」

家康は二通の書状を服部半蔵にとどけさせることにした。

「おそれながら、これでは事はならぬと存じます」

半蔵は書状に目を通し、気の毒そうに首を振った。

「なぜじゃ」

「このような書状を取り次いでは、徳川に内通していると疑われるおそれがござる。小山田どのは一角（ひとかど）の武将ではありますが、それを恐れて握りつぶされるのではないかと存じます」

「では、どうすれば良い」

「反間（はんかん）の計を用いるべきと存じます」

「反間といえば、敵の間者（かんじゃ）を利用する策と思うが」

「披露を乞う書状の宛名を小山田ではなく、殿に通じている有力者ということにいたします。その名が誰か分からぬように符牒（ふちょう）で記し、諸国往来の山伏（やまぶし）に持たせるのでござる。そうして甲府の城下でその者を斬り、奉行所の役人に発見させるように仕向けまする」

　そうすれば役人は山伏が持っていた書状に目を通し、由々しきことだと上司に報告する。上司は重臣の誰かが徳川に通じていると疑い、勝頼の御前で詮議（せんぎ）にかけるだろう。

その場で勝頼にあてた家康の書状も、皆が知るところとなるという。

「そうすれば勝頼も、殿の書状を無視することはできなくなります。面目にかけて何らかの対応を取らざるを得なくなりましょう。それに誰かが内通しているという疑心暗鬼を生み、家中の結束を乱すこともできますする」

「そのようにうまく事が運ぶかのう。それに罪もない山伏を斬るのは寝覚めが悪い」

「ご懸念をお持ちなら、高天神城の城主となられた岡部(おかべ)元信(もとのぶ)どのに書状を送り、勝頼に男の勝負を申し入れたゆえ、決戦も近いと伝えて下され。さすればそれが事実かどうか確かめるために、岡部どのは甲府に使者を送られましょう。そうすれば山伏が持っていた書状が本物だと、勝頼も武田の重臣たちも思うはずでござる」

それに捕らえている罪人を山伏に仕立てるので案じるには及びませぬと、半蔵はまたたく間に調略を巡らしていった。

結果は吉と出た。

十月下旬に、半蔵が成功したという報をもたらしたのである。

「すべてお望み通りでございます。詮議の席で殿の書状を読んだ勝頼は、家康などひと息にひねりつぶすと豪語し、十二月早々に出陣するので仕度にかかるように陣触れをいたしました」

「軍勢の数は」

「二万でございます。これに上杉からの加勢が三千ほどあるようでござる」

「二万三千か」

家康の背筋に寒気が走った。

凋落（ちょうらく）したとはいえ、武田にはまだそれだけの軍勢を動かす力があったのである。

「十二月早々に甲斐を出たなら、勝頼が駿府（すんぷ）に着くのは十日過ぎということになるな」

「北条方の動きにもよりましょうが、その頃になるものと存じます」

「引きつづき武田の動きを探ってくれ。何ひとつ見逃さぬようにな」

家康はさっそく酒井忠次を呼び、北条氏政に武田勢が駿河に出て来ても手出しをしないように伝えさせた。

また上杉家との交渉を任せている石川家成には、武田家に援軍を送らないように景勝に依頼させた。

「これは遺恨を晴らす男の勝負である。我らも北条からの援軍を断っているので、上杉家もご配慮願いたいと伝えよ」

景勝の義俠心に訴えるばかりでなく、上杉家が織田家との和睦を望まれるならいつでも犬馬の労を取らせていただくと申し入れ、武田からの離反をはかった。

十月末になって再び雪が降った。

高天神城も徳川方の付け城も、雪に厚くおおわれて身をひそめている。

堆積土の地層に作った道は雪に濡れてすべりやすいので、相互の連絡にも支障を来すほどだった。

敵が攻めて来た時にこうした状況になれば、付け城への兵糧の補給もままならなくなる。

そこで家康は雪が解けるのを待って、飯盛山にたくわえていた兵糧をすべて付け城に分配するように命じた。

十一月十二日には松平康忠を安土城につかわし、信長に検使の派遣を求めることにした。

「よいか。康忠。勝頼は十二月十日過ぎに駿府に着き、船団をととのえて高天神城の後詰めに出てくるであろう。早ければ十二月二十日頃には戦になるゆえ、男の勝負を見届けていただきたいとお願いするのじゃ」

「援軍はお求めにならないのですか」

「これは妻子の弔い合戦ゆえ、我らの力だけで勝頼を打ち負かす。勝負をご検分いただいたなら、勝頼と和睦を結ばれても異存はないと申し上げよ」

　家康は秘蔵の高麗茶碗を信長への進物にし、これで茶をふるまうように康忠に命じた。

「そ、それがしが、信長公の御前で茶を点てるのでございますか」

　康忠はあまりのことに蒼白になった。

「案ずるな。そちの点前なら、信長公も気に入って下さる」

　家康は尻ごみする康忠を励まし、安土城へ向かわせた。

　家康は武田勢の来襲にそなえて、高天神城の包囲陣を強化することにした。

　これまでゆるゆると進めてきた内側の包囲網の完成を急がせ、北側の矢本山の砦から、東の山王山、南の畑ヶ谷、西の林ノ谷の砦にいたる全長一里半（約六キロ）

に空堀と柵をめぐらして厳重に封じた。

また城の搦手口にあたる橘ヶ谷には石川数正の兵二千を配し、石川康通、本多康重と協力して守備にあたるように命じた。

大手口の鹿ヶ谷（猪ヶ谷）には酒井忠次の兵三千を置き、酒井重忠と合力させた。

勝頼出馬の報は、高天神城に立てこもっている千五百余の将兵にも伝わったようである。

これまでじっと息をひそめていた城内の動きが、にわかにあわただしくなった。

「敵は空堀の間近まで出て、様子をうかがっております」

「城兵を本丸に集め、旗を立てて鬨の声を上げており申す」

横須賀城にいる家康のもとに、そんな知らせがもたらされた。

「夜襲をかけて気勢を上げるつもりかもしれぬ。それぞれに持ち場を固め、夜番を厳重にせよ」

家康はそう命じたが、敵の動きを封じることはできなかった。

城兵は夜陰に乗じて城を抜け出し、畑ヶ谷砦の酒井忠次の陣小屋に火を放ったのである。

十二月五日の夜半のことで、火は北風にあおられて砦の方に燃え広がり、あやうく兵糧や塩硝（火薬）を保管した庫に燃え移るところだった。

不思議なことに、城兵が空堀や柵を越えた形跡はない。しかも小屋を襲った敵は、煙のようにどこへともなく消え去ったのである。

翌日、忠次が自ら横須賀城に詫びに来た。

「面目ございません。敵がどうやって、出入りしたのか、ただ今調べさせているところでござる」

「武田勢の中には、金山の穴掘りがいる。どこかに抜け穴を掘っているのではないか」

「そう思って調べさせておりますが、見つけることができませぬ」

「敵の人数はいかほどじゃ」

「闇の中を走り回るゆえ、正確な人数は分かりません。十人という者もおり、二十人と申す者もおります」

「何人か討ち取ったか」

「それが、ことごとく逃げられ」

逃げた先さえ分からなかったと、忠次が申し訳なさそうにうなだれた。

事件はその日の夜半にも起こった。

搦手口の橘ヶ谷に布陣していた石川数正の陣所が襲われた。

しかも今度は五十人ばかりの部隊で、陣小屋に放火したばかりか、能ヶ坂砦に斬り込んで兵糧を奪おうとした。

砦に布陣していた本多康重の軍勢は、内側に石川数正勢が布陣しているので、まさかここが襲われることはあるまいと油断しきっていた。

鎧(よろい)を脱ぎ槍を納めて眠っていたところを襲われ、あやうく兵糧庫を破られるところだった。

そこに陣中見回りをしていた安藤正次(あんどうまさつぐ)と太田吉政(おおたよしまさ)が兵をひきいて駆けつけ、すんでのところで敵を追い払ったという。

「申し訳ございません。敵は初めから能ヶ坂砦の兵糧庫を狙っていたようでございます」

石川数正も自ら謝りに来た。

「何ということだ。二日もつづけてやられおって」

家康は朝餉を食べていた箸を、怒りのあまり御膳に叩きつけた。

「夜番を増やして警戒しておりましたが、敵がどこに抜け穴を掘っているか分かりません。それゆえ防ぎようがなかったのでございます」

「敵は五十人ばかりと申したな」

「そのように聞いております」

「そのうち何人を討ち取った」

「十四人でございます。いずれも兵糧に窮し、木や草の根を食べて飢えをしのいでいたようでございます」

討死した敵の腹を裂いて、数正はそのことを確かめていた。

「そのようなことを聞いておるのではない。残りの敵は、城に逃げもどらなかったかとたずねておる」

「もどっておりません。そのまま山中に走り入り、思い思いに駿府に向かったようでございます」

兵糧を奪い取ったなら、城中にもどるつもりだったのだろう。だが失敗したために、駿府に走って城中の様子を伝えることにしたようだった。

「抜け穴を掘っていると聞いたが、どこから出て来たか分からぬか」

「昨日から空堀のまわりを調べさせておりますが、発見することができません」

「大手にも搦手にも自在に抜け出しておるのじゃ。穴は一つや二つではあるまい」

「武田勢は六年の間、城に立てこもっております。山も赤土混じりの掘りやすい土ゆえ、いくつもの抜け穴を掘っていると思われます」

「勝頼が攻め寄せてくる前に、何としてでもその穴をつぶせ。いざという時に自在に奇襲をかけられては、どうにもならぬ」

このあたりの地形に詳しいのは、長年住んでいる土地の者たちである。その者たちに案内させて、しらみ潰しに探すように命じた。

第四章

落城

天正九年（一五八一年）勢力図

武田勝頼は十二月十五日に駿府城に入った。

総勢は二万。上杉景勝も援軍三千を出し、興国寺城（沼津市）に入って北条方の急襲にそなえていた。

「武田勢はすでに持舟城を修築し、軍船を集めております。十日のうちには出陣の仕度がととのうものと存じます」

服部半蔵が報告した。

「鉄砲隊の数はいかほどじゃ」

家康はそのことが気になった。

「行軍中は隠しておりますので確かなことは分かりませんが、千五百ばかりではないかと存じます」

「鉄砲一挺につき、三百発の弾を持たせているそうだな」

「長篠の戦いに敗れた後、そのように命じております」

「さすれば四十五万発ということになる」

それだけの弾が自軍に向かって撃ちかけられるかと、家康は設楽ヶ原を埋めた武田勢の累々たる死屍を思い出した。

ひとつ間違えば徳川勢が、あのような姿をさらすことになりかねないのだった。

武田は陸路と海路から高天神城に迫ってくる。

家康は海路からの襲撃にそなえ、横須賀城の港に待機している軍船二百艘を、国安と浜野浦の守りにつかせた。

その分を補充するために、浜名湖に配している軍船百五十艘を横須賀城に回航させた。

十二月十八日の朝、安土城につかわしていた松平康忠がもどった。

「上様のご検使は、昨日浜松城に入られました。長谷川秀一さま以下四名、手勢は三百でございます」

「ほう、長谷川どのが参られたか」

「初めは堀秀政どのをつかわすお考えでしたが、都での御用があるので、代わりに長谷川どのになされたのでございます」

「有り難いことじゃ。信長公のご様子はいかがであった」

「ご壮健であられます。殿が贈られた高麗茶碗をたいそうお喜びになり、披露の茶会を開いて下されました」

その席で点前をつとめ、格別のお誉めにあずかったと、康忠が誇らしげに胸を張った。

「だから案ずるなと言ったのじゃ。わしの眼力も、そう馬鹿にしたものではあるまい」

「馬鹿になどいたしておりません。ただ、信長公の御前では恐れ多いと思ったばかりでございます」

「安土城の様子は、どうであった」

「それはもう、まるで竜宮城に行ったようでございました」

その様子を少しでも詳しく伝えようと、康忠は安土城の色絵図を描いていた。琵琶湖に面した安土山全体を要害とし、御殿や屋敷を建てた曲輪を隙間なく配している。大手門から山頂に向かって真っ直ぐに伸びる石段の先には、五層の天主が天を衝くようにそびえていた。

「これが、信長公の城か」

家康は息を呑んだ。

話には聞いていたが、想像を絶する秀麗な姿である。

西洋の塔を思わせる鋭く突き立った天主からは、この国をポルトガルやスペインに比肩する国に変えようとする、信長の強靭な意志が感じられた。

長谷川秀一らが高天神城攻めの視察におとずれたのは、十二月二十日のことだった。

〈信長様より御使、いのこ兵助、ふくつミ平左衛門、はせ川お竹、西尾小左衛門、陣所見舞いに越えられ候〉

松平家忠はこの日の日記にそう記している。

同行したのは猪子平助、福住定次、西尾吉次で、秀一をお竹と記しているのは、幼名竹丸にちなんだ通り名だった。

家康は康忠や忠次、出陣中の武将たちを従え、小笠まで迎えに行った。

「長谷川どの、皆々様、遠路ご足労をいただき、かたじけのうござる」

「三河守どの、わざわざお出迎えをいただき、恐悦に存じまする。今度はどんな策で武田を討つつもりか見て参れと、上様から申し付けられました。よろしくお願い申し上げます」

秀一がいち早く馬を下りて挨拶した。

家康と長谷川秀一が会うのは長篠の戦い以来である。幼い頃から信長の小姓として仕えてきた苦労人で、今では堀秀政と並ぶ近習頭になっていた。

「勝頼はすでに駿府城に入り、出陣の仕度をととのえております。上様のご配慮のお陰で、男の勝負をすることができます」

「残念ながら、我らはその勝負を拝見することができません。陣中見舞いを終えたなら、すぐにもどれとのご下命でござる」

「先日康忠をつかわし、勝負の検分をしていただくようにお願い申し上げましたが」

家康は検使の派遣を要請している。当然戦の検分もしてくれるものと思い込んでいた。

「我らもそのつもりでおりましたが、出発間際に見舞いにとどめよと申し付けられたのでござる」

「それは何ゆえでしょうか」

「理由は聞いておりません。お申し付けに従うばかりゆえ」

察してくれと言いたげに、秀一が言葉をにごした。

家康は使者を先導して横須賀城に向かった。

信長がなぜ急に方針を変えたのか解せなかったが、秀一らも聞いていないのだから仕方がない。

急いでもどるのなら、視察の手順をくり上げなければならなかった。

「殿、申し訳ございません」

康忠が気落ちした顔で馬を寄せた。

「そちのせいではない。何かお考えがあってのことであろう」

その夜は横須賀城で使者を歓迎する酒宴を開き、翌朝遠州灘ぞいの道を東に向かった。

砂に埋もれた道を二里（約八キロ）ほど馬で行き、浜野浦の港に着いた。

ここからは内海なので波はおだやかである。

「どうぞ。これにお乗り下され」

家康は船縁に幔幕を張った船に秀一らを案内し、自ら状況を説明しながら岸ぞいに船を走らせた。

「あれが高天神城でござる。岡部元信どのを大将として、千五百ばかりの武田勢が立てこもっておりまする」

その手前に見えるのが我が方の砦だと、畑ヶ谷、神宮寺、三井山の要害を扇子で指し示した。

「三河守どの、あれに見えるのが国安でございましょうか」

長谷川秀一が対岸に目を向けた。

内海と外海の間に砂嘴状に突き出した陸地に、国安の村と港がある。距離は半里（約二キロ）ばかりだった。

「さよう。武田勢はあの港を高天神城への補給の拠点としておりました。しかし我らが奪い取り、駿河との連絡を断っておりまする」

「それでは城兵は、兵糧の不足に苦しんでいるわけでござるな」

「すでに城内の兵糧は尽きかけているものと存じます。先日、討死した敵の腹を裂いたところ」

草や木の根を食べたものしか出てこなかったと、家康は過酷な現実を伝えた。

船は中村砦の沖をすぎ、獅子ヶ鼻砦へと向かっていく。

この頃の内海は広大で、東西一里、南北一里半にも及んでいた。

船は入り江の奥にある毛森山砦の下の港に着岸した。

ここから歩いてなだらかな尾根を越え、惣勢山の本陣に到着した。

本陣は信長の使者を迎えるために美しく掃き清めてある。将兵たちも真新しい具足をまとい、整然と列をなしていた。

「どうぞ、こちらに来て下され。対陣の様子を一目で見ることができまする」

家康は陣所の先端に秀一たちを案内した。

東西の主郭を持つ高天神城のまわりを、徳川勢がきずいた空堀と柵が一里半にわたって取り巻いている。

その外側を一万余の徳川勢が包囲していた。

「なるほど。これでは敵は袋のねずみも同然でござるな」

長谷川秀一が感嘆の声を上げた。

「さよう。すでに三ヶ月以上もこうして封じております。あれをご覧下され」

家康は後方の山を扇子でさした。

宇峠から獅子ヶ鼻にかけて砦がきずかれ、北からの風に軍旗がはためいていた。

「これらの砦はすべて、駿河から攻めてくる武田勢にそなえたものでござる」

「これほど厳重な布陣をされては、武田も高天神城を救うのは無理だと思うのではありませんか」

「そうならぬように、勝頼に男の勝負を申し入れております。この勝負を受けなければ、勝頼は上様と和睦（わぼく）することもできず、大名としての面目も失うのですから、かならず出陣してくるはずです」

現に武田勢は持舟城下の港に三百の軍船を集め、いつでも出陣できる態勢をととのえている。家康はそう言った。

「敵が攻めてきたなら、どのように戦うつもりですか」

「武田は軍勢を陸路と海路に分け、北と南から攻めて来るでしょう。さすれば我らは砦に立てこもり、内と外の包囲網の中に敵を誘い入れます。そうして出口を閉ざし、持久戦に持ち込むつもりでござる」

武田の軍勢は徳川勢の二倍である。

野戦で正面から激突しては不利なので、籠城（ろうじょう）戦に持ち込んで敵の消耗を待つ作戦を取ることにしたのだった。

「失礼ながら拙者が武田方なら、初めに宇峠の砦を攻め落とします。そうして包囲網の内側への進路と退路を確保してから、内側の包囲網を破りにかかります」

「長谷川どののご指摘はもっともでござる。我らもそうした場合に備えて、宇峠砦をさらに外から包囲できるように砦をきずいております。また敵が内側の包囲網を破ろうと軍勢を出したなら、三方の砦から攻めかかって打ち破ります」

家康は能ヶ坂と萩原口、矢本山の砦をさした。

どの砦が敵に占領されても対応できるように、綿密な計略を立てていた。


長谷川秀一らはたった二日滞在しただけで、翌日には安土城にもどることにした。

家康と酒井忠次は警固をかねて浜松城まで送っていった。

家康の手厚いもてなしに感激したのか、あるいは初めからその予定だったのか、長谷川秀一が内々に話があると言って家康に人払いを頼んだ。

「このたびあわただしく帰ることになったのは、畿内でさし迫った用事が生じたからでございます」

「毛利攻めが始まるのでしょうか」

家康はそうたずねた。

大坂本願寺を下した信長の次の目標は、足利義昭を擁している毛利輝元を倒すことだった。

「そうではありません。実は九州の肥前におられるイエズス会の主教さまが、上洛して上様に拝謁されることになりました。上洛の目的は何なのか、どう迎えたらいいかなど、分からないことが多いので、上様も気を揉んでおられるのでござる」

「主教さまとは、どのようなお方でしょうか」

「我らには分かりませんが、これまで上洛した宣教師とは格がちがうと聞いております」

イエズス会の東インド巡察師であるアレッサンドロ・ヴァリニャーノのことである。

ヴァリニャーノは日本や中国での布教を拡大するためにイエズス会から派遣され、昨年夏に肥前の口之津（長崎県南島原市）に到着した。

そして今年の十二月になって、来年春に上洛するので信長に対面したいと申し入れてきたのである。

「しかし、なぜそれほど気を使う必要があるのでござろうか」

「我らが堺で南蛮貿易をおこなうことができるのは、イエズス会にポルトガルとの仲を取り持ってもらっているからです。ところが最近、ポルトガルの国内で何事かが起こり、マカオの統治がゆらいでいるという噂があります。そんな中での主教さまとの対面だけに、上様はひときわ神経をとがらせておられるのでございます」

秀一はそう言ったが、家康には事情がよく分からない。南蛮貿易と直接関わっていないので、情報も少なく実感もわかなかった。

（あるいは毛利との和睦の仲介かもしれぬ）

秀一らを見送った後、家康はふとそう思った。

毛利家もイエズス会との関係が深く、石見銀山で産出した銀を輸出するためにポルトガル商人とも結びついている。

もしイエズス会の仲介によって毛利との和睦が実現するなら、信長の天下統一は一挙に進むことになるのだった。

武田勢は動かなかった。

持舟城に軍船を集めて出陣の態勢をととのえているが、高天神城に向かってこぎ出そうとはしなかった。

「勝頼は出陣するために駿府に来たのであろう。なにゆえ兵を動かさぬ」

家康は服部半蔵を呼んでたずねた。

思わず叱りつける口調になったのは、待ちくたびれて苛立っているせいだった。

「勝頼は出陣しようとしておりますが、重臣たちが引き止めているのでございます」

「なぜ引き止める。勝負に応じなければ活路はないと分かっておろう」

「駿府まで来て高天神城の様子を知り、あまりに包囲網が厳しいので恐れをなしているようでござる」

武田勢も日ごとに物見を出し、徳川勢の陣容をさぐっている。

長篠の戦いで大敗を喫しているだけに、よりいっそう慎重になっているのだった。

家康は酒井忠次、石川家成、鳥居元忠を横須賀城に呼び、評定を開いて今後のことを話し合った。

「このままでは埒があかぬ。何とか勝頼をおびき出す手はないか」

「待っても無駄なら、こちらから奇襲をかけるべきと存ずる」

元忠は相変わらず強気だった。

「武田は我らが後詰め決戦を挑もうとしていると思い込んでおりまする。よもや駿府に攻めて来るとは思いますまい」

「どうやって奇襲をかけるのじゃ」

「夜明け前に軍船を出して持舟城を乗っ取り申す。勝頼がそれを知って救援に駆け付けるところを、野に伏せた軍勢で横合いから攻めかかるのでござる」

「敵は小山城や滝境城に見張櫓をもうけ、昼夜海上を監視しておる。発見されずに持舟城まで行くことはできぬ」

忠次が元忠の短慮をいさめた。

「さようでござる。それよりは小山城を攻めて敵を誘い出すべきと存ずる」

家成がもうひとつの案を出した。

小山城を失えば武田方は大井川より西の拠点をことごとく失うのだから、必ず兵を出してくる。敵が攻めてきたなら、敗走するふりをして高天神城までおびき出すというのである。

「武田勢は二万じゃ。そううまくはゆくまい」

家康は珍しく早々と断を下した。

「わしは勝頼と高天神城で決着をつけたい。そうでなければ、多くの付け城をきずいた苦労が水の泡になるではないか」

「しかし殿、敵はこちらの思い通りには動いてくれませぬぞ」

忠次がいさめた。

「それを思い通りにするのが、計略というものであろう。どんな状況になれば武田が後詰めに出てくるか、知恵を絞って考えてくれ」

家康は温めた酒を皆にふるまった。

城内はしんしんと冷え込んでいる。酒を飲んで体をあたためれば、いい知恵が浮かぶかもしれなかった。

「これは昼間から、かたじけのうござる」

元忠が盃(さかずき)の酒をひと息に飲み干し、肴(さかな)のめざしを頭から食いちぎった。

しかし、いい知恵は浮かばず、時間ばかりが過ぎていく。やがて屋根を叩(たた)く雨の音が聞こえてきた。

「雨になり申した。将兵はさぞ難儀していることでござろうな」

家成がふすまを開けて外の様子を確かめた。

「武田を誘い出すには、こちらに弱みがあると思わせるしかありますまい」

忠次が意を決して口を開いた。

「どんな弱みじゃ」

「長篠の戦いでは、佐久間信盛どのに敵に内通するふりをしていただき申した」

「しかし同じ手は使えまい」

「それゆえ今度は、家中で争いが起こったように見せかけるのでござる。それがしと家成どのが殿と対立し、手勢をひきいて陣を離れたならいかがでしょうか」

都合のいいことに、両家の陣所は敵に襲撃されている。

この失態を咎められた忠次と家成が、家康の処分を不服として陣払いをしたらどうかというのである。

「確かにそれなら陣が手薄になったことが敵にも分かるだろうが、いったいどれほど引き上げるのじゃ」

「それがしの手勢のうち二千、家成どのが三千でござる」

「それでは軍勢が半分になるではないか」

そこを武田に襲われたらどうするのだと、家康は血相を変えた。

酔いが一気に回ったようで、目まいさえ覚えた。

「されど、それくらい思いきった手を打たなければ、武田は腰を上げますまい」

要は腹の据え方ひとつだと、忠次が家康に決断を迫った。

「家成はどうじゃ。この策に同意か」

「殿がどうしても後詰め決戦に持ち込みたいと望まれるのであれば、他に方法はないものと存じます」

「元忠は」

「陣払いをしたとて、家成どのの手勢は掛川城に移るばかりでござる。武田が攻めてきたなら、後方から睨みを利かせることができまする」

「さようか。皆がそう言うなら、忠次と家成に陣払いしてもらおう」

家康はその日のうちに諸将を集め、陣所に放火された忠次と家成の懈怠を責め、所領の三割を召し上げると告げた。

家成はその場で不服を申し立て、すべての権限を嫡男康通にゆずって隠居すると宣言し、掛川城に引き上げた。

忠次はいったん処分に応じたものの、十二月末に病気と称して陣払いをした。

家康は二人の勝手な行動を責め、忠次と家成に同心しないように求める使者を三河、遠江の国衆に送った。

〈晦日、酒左（酒井左衛門尉忠次）煩にて陣場へ越えず候。各国へ使者越え候〉

松平家忠は日記にそう記している。

敵をあざむくには身方からというが、家康は忠次、家成、元忠以外の誰にも真相を告げていない。

そのために出陣している将兵たちに大きな動揺が生じたのだった。

天正八年（一五八〇）はこうして暮れ、天正九年の正月を迎えた。

元日は明け方まで冷たい雨が降っていたが、家康は諸将の陣所を回り、気を引き締めて敵の来襲にそなえるように命じた。

忠次と家成の手勢五千が抜けた穴はさすがに大きい。

事情を知らない将兵の不安や不信をぬぐい去るために、家康は連日惣勢山の本陣に詰めて指揮をとった。

毛森山砦の下の入江に、沢瀉紋の帆をかかげた小早船三艘がやって来たのは一月三日のことだった。

「あれは水野家の船ではないか」

家康は使い番を走らせて確かめた。

「おおせの通りでございます。水野忠重さまが参られました」

使い番が一行を案内してもどってきた。

「殿、新年、おめでとう存じまする」

水野忠重は緋色の派手な鎧を着込み、嫡男藤十郎（後の勝成）を従えていた。

「どうした。陣中見舞いにでも来てくれたか」

「横須賀城の在番をつとめるように、上様から命じられました。軍船百五十艘と二千の兵をひきいて城下の港に到着したところ」

家康が本陣にいると聞いたので、挨拶に駆け付けたのだった。

「そうか。上様がそんな気遣いをして下されたか」

思いがけない計らいに、家康は胸が熱くなった。

忠次らを陣払いさせる計略は、信長には伝えてある。

後に忠次や家成が叱責されないようにとの配慮からだが、それを知った信長は軍勢の不足をおぎなうために忠重を応援につかわしたのである。

「付け城もすっかり仕上がりましたな。それがしがいた頃とは見違えるようでござる」

「皆が働いてくれたお陰じゃ。者共、援軍の到着を祝って鬨の声を上げようではないか」

家康は陣所や砦に使い番を走らせ、空砲のつるべ撃ちを合図に鬨の声を上げさせた。

高天神城を取り巻いてわき上がる声は、敵を威圧すると同時に、忠次らの陣払いで打ち沈んでいた身方の士気も鼓舞したのだった。

ところが年明けから五日が過ぎ十日がたっても、勝頼は動かなかった。

じりじりしながら待っていると、十六日になって服部半蔵が急を知らせにもどってきた。

「昨日、武田勢は駿府を発って東へ向かいました。甲斐に引き上げるようでございます」

「勝頼め。この期に及んで我らに背中を見せおったか」

家康の落胆は大きかった。

「やはり長篠で大敗した痛手が大きかったのでございましょう。重臣ばかりか将兵たちまで、戦に出るのを尻込みしておりました」

「上が怖気づけば下もそれに倣う。もはや武田に領国を保つ力はあるまい」

「駿府城下では、このような戯れ歌が口ずさまれております」

半蔵が渡した紙にはこう記されていた。

武田の四郎は男じゃないよ
一度の負けに怖気をふるい
譜代の家来を助けにも行かぬ
親に似つかぬぼんくらならば
国をゆずるが人のため

家康は仏間に引きこもり、横須賀城に持参した信康の位牌に手を合わせた。

信康の一周忌の法要をおこない、勝頼を高天神城で討ち果たすと誓ったのは四ヶ月前のことだ。

そのためにあらゆる手立てを尽くしてきたが、土壇場で逃げられたのだった。

（信康、見ての通りだ）

家康は供養の香を焚いて心の中で語りかけた。

（わしのやり方に手抜かりがあったのかもしれぬ。今度は取り逃がしたが、仇はかならず討つから安心してくれ）

騰雲院殿隆巌　長越　大居士。信康の戒名が記された位牌は何も語らない。

無言のまま家康の所業を見守っていた。

（信康、そちらでも瀬名に孝行してくれているか）

父上には他にも、側室やお子たちがおられます。しかし母上には、それがししかいないのです。

そう言った信康の悲しげな表情が、家康の脳裡に焼きついている。自分が瀬名を幸せにできなかったことが、信康を追い詰める結果を招いたのだった。

（わしの落ち度を補おうとして……。お前は誰にも言えぬ苦しみを背負ってくれた）

それなのに何も気付かず、助けてやることもできなかった。

その無念と自責に、今でも家康の心は血を流している。この思いを一生抱え、この世を浄土(じょうど)に変える努力をつづけていくしか償(つぐな)いようはないのだった。

家康は声に出さずに念仏をとなえ、心を落ち着けてから松平康忠を呼んだ。

「これから惣勢山の本陣に行き、鳥居元忠に敵の抜け穴の出口を柵でふさぐように伝えよ」

これまで七ヵ所の抜け穴を捜し出しているが、敵に強みがあると思わせるために放置していた。だが勝頼が引き上げた今では、こうした駆け引きも無用になったのである。

「承知いたしました。今後のことをたずねられたなら、何と答えましょうか」

「時期をみて城兵に降伏を勧める。そのためにも、もはや戦っても無駄だと思い知らせねばならぬ」

翌日からしらみ潰しに抜け穴の探索をおこない、新たに五ヶ所を発見した。

その出口をすべて封じてから、家康は城将の岡部元信に使者を送って降伏を勧めた。

勝頼が引き上げたことを告げ、城兵の命を助けるので城を明け渡すように求めたのである。

ところが岡部元信は応じようとしなかった。

「今川家を見放して武田に属し、今また徳川に降ったとあっては、武士の面目が立たぬ。この城を枕に討死し、後世に名を残したいとおおせでございます」

使いに行った者が復命した。

家康は惣勢山の本陣に出向いて鳥居元忠に会い、

「桶狭間で今川家が大敗した時、元信どのは鳴海城にこもって織田の軍勢を追い払い、義元公の御首と引き替えに城を明け渡された。それほどの御仁を、このまま死なせるわけにはいかぬ」

そちが行って説得してくれと命じた。

家康が今川家の人質になって駿府の屋敷で暮らしていた頃、元忠は元信の屋敷に何度か招かれたことがあったのだった。

「城兵の苦労をねぎらうために、酒と米を差し入れよ。他に何か望みがあるなら、申し出ていただくように伝えてくれ」

「承知いたしました。それでは城兵すべてに行き渡るほどの酒と米をご用意下され」

元忠は荷車十台にそれを積み込み、大手口から交渉に行ったが、酒も米も受け取ってもらえなかった。

「もはやこの世に望みはないので、無用であるとおおせでございます。ただし、せっかくのご厚意ゆえ、ひとつだけお聞き届けいただきたいとおおせでござる」

「何じゃ。申してみよ」

「幸若与三太夫という謡の名手が寄せ手の陣中におられるようだが、出来れば今生の名残に一曲拝聴させていただきたいと」

「その者は、どこの陣中におるのじゃ」

「それがしの陣におりまする」

石川康通が申し出た。

与三太夫が東国から都に向かう途中に掛川城に立ち寄ったので、家成が陣中の無聊をなぐさめるためにつかわした。

そこで謡う声が高天神城にまで届いたのである。

「ならば大手口前の櫓（やぐら）に上がり、城兵のために謡わせよ」

そのことを元信に伝えると、翌日の夕方に千五百余の城兵が着到（ちゃくとう）櫓がある曲輪に集まった。

その様子は本陣からはっきりと見えた。

大手に向かって細長く突き出した曲輪に集まった者たちは、遠目にも分かるほどやせ細り、着物も鎧も汚れてぼろ切れのようだった。

「奴（やつ）らの有り様を見よ。干からびた地虫のようではないか」

誰かが声を上げると、本陣に集まった将兵から笑い声が上がった。

勝者のおごりをむき出しにした無慈悲な笑いだった。

家康は床几（しょうぎ）から立ち上がり、鋭い目で皆を見回した。

「胸に手を当てて考えてみよ。もし自分なら、あのような姿になるまで主君に忠義を尽くせるかどうか」

その問いに誰もが口を閉ざし、きまり悪そうに黙り込んだ。

「さよう。敵ながら天（あ）っ晴（ぱ）れでござる」

岡部元信との連絡役をつとめた元忠は、目にうっすらと涙を浮かべていた。

やがて大手口前の櫓に登った幸若与三太夫が、扇をかざして舞いながら謡いはじめた。

曲名は「高館(たかだち)」。

敵に攻められて衣川(ころもがわ)の高館に立てこもった源義経(みなもとのよしつね)が、家臣たちと最期の盃を交わす場面である。

与三太夫の声は夕闇が迫る大地に朗々と響き、城兵はしわぶきひとつ上げずに聞き耳を立てている。やがて曲輪のあちこちからすすり泣く声が聞こえてきた。

城兵の一人一人に家族がある。郷里で帰りを待ちわびている妻や子や老いた父母を想い、惜別の辛(つら)さに身を揉んでいるのだった。

謡が終わってしばらくすると、城中から陣羽織をまとった若武者が柵の際(きわ)に進み出て、

「卒爾(そつじ)ながら、今日の引出物でござる。幸若与三太夫どのにお渡しいただきたい」

美しい所作で三方に載せた厚物の織物一反と脇差(わきざし)を差し出した。

「これで思い残すことなく討死でき申す。家康どのにかたじけないとお伝えいただきたい」

若武者はそう告げると大手道を引き返し、闇におおわれた城内へと消えていった。

家康はその後も降伏を呼びかけたが、岡部元信らは頑として応じない。かくなる上は兵糧攻めをつづけて敵が音を上げるのを待つしかなかった。


城兵が動いたのは、桜の時期も終わった三月二十二日だった。

夜も深まった亥の刻（午後十時）、二の丸から二手に分かれて討って出た。

甲府から派遣された武者奉行孕石和泉守元泰らにひきいられた三百余人は、搦手の橘ヶ谷へ。城将岡部元信らがひきいる四百余人は、城の西側の林ノ谷に攻めかかった。

家康がその知らせを受けたのは、翌三月二十三日の未明だった。

「殿、鳥居元忠どのから急使でございます」

松平康忠に起こされ、中庭に平伏している使い番に会った。

「昨夜、城兵八百ばかりが切って出ました。その大半を討ち取り、ただ今城内に攻め入っております」

「今、何刻じゃ」

「もうじき寅の下刻（午前五時）、夜が明ける頃と存じます」

康忠が答えた。

「高天神城へ向かう。馬を引け」

馬廻り衆三百騎を従え、二里半（約十キロ）の道を駆けて高天神城の近くに着いた頃には、夜が明けて東の山から陽がのぼっていた。

城中からは鉄砲の音がまばらに聞こえ、あたりの山に谺している。城に残った敵の掃討に当たっているようだった。

元忠は城の南の畑ヶ谷砦で待っていた。

柵の内側の堀には、数十人の敵が骸となって横たわっている。中には柵に取りついたまま、無念の形相で息絶えている者もいた。

「こちらはまだ少人数でござる。敵の主力は石川勢が守る橘ヶ谷と、大久保忠世どのの持ち場である林ノ谷に向かい申した」

「まだ抜け穴があったか」

「あったようでござる。そこから抜け出した敵が夜番を襲い、柵の戸を開け申した。それゆえ石川勢は数百人の敵に攻められ、後ろに布陣した水野勢の助けを借りてようやく討ち果たしたのでござる」

元忠は各陣所に使者をつかわし、戦況を詳細に把握していた。

敵が切って出たのは亥の刻（午後十時）。昨夜は曇り空で月も星もない漆黒の闇だった。城兵はこれを利し、夜討ちの作法通り相詞を決め袖印をつけて討って出た。

対する徳川勢には油断があった。

武田勝頼が駿府城から引き上げてから、すでに二ヶ月が過ぎている。

その間兵糧、弾薬を断たれているのだから、すでに戦う力も気力もなく、やがて降伏するだろうと高をくくっていた。

それゆえ夜番の規律もいつしか乱れ、当番の守備兵も気をゆるめてうたた寝することが多くなっていたのだった。

ところが名将岡部元信にひきいられた高天神城の城兵たちは、後世に名を残す戦をして死に花を咲かせようと、二ヶ月の間じっと牙をといでいた。

残り少なくなった兵糧を切り詰め、切り込みの際の腹ごしらえをするために残しておいた。

刀や槍の寝刃を合わせ、弓の弦をきりりと張って、一人でも多くの徳川勢を道連れにして、退勢いちじるしい主家を助けようと覚悟を決めていた。

しかも二ヶ月の間に、ふさがれた抜け穴に別の出口をもうけ、掘り抜く寸前で止めて外からは分からないようにしていた。

亥の刻(午後十時)前にそれを突き破り、夜番を襲って柵の木戸を開けたのである。

奇襲を受けた徳川勢は大混乱におちいった。

かがり火に頼ることに慣れた目では、闇の中を走り回る敵の姿を見分けることができないし、身方を撃つおそれがあるので鉄砲も弓も使えない。

身方同士ひしと背中を合わせ、前からかかってくる敵を討ち果たすしかなかった。

幸いしたのは木戸の戸を狭く作っていたことだ。

そのために敵はいっせいに出てくることができない。それを知っている心利いた者たちは、夜襲をかけられたと知るといち早く木戸に駆け付け、外に出ようとする敵に鉄砲を撃ちかけた。

こうした働きのお陰で、橘ヶ谷に切って出た城兵の半数ちかくを討ち取り、残りの者も水野勢の加勢を得て大半を討ち果たすことができた。

一方、岡部元信にひきいられた城兵は、林ノ谷の大久保忠世の陣所へ切り込んだ。ところが戦場慣れしている忠世は、敵が今日明日にも攻めかかって来ると予感していたらしい。

普通は五百人ばかりの兵しか配していなかったが、この日から大須賀(おおすが)康高(やすたか)、鈴木(すずき)重好(しげよし)、本多(ほんだ)忠勝(ただかつ)らに加勢を頼み、千五百余のぶ厚い陣をしいていた。

これを知った岡部元信らは、徳川勢の真っただ中に切り込み、死力を尽くして縦横無尽に斬り回ったが、多勢に無勢では如何(いかん)ともし難い。

四百人いた城兵たちは次第に討ち減らされ、わずか十数人が背中合わせに丸くなって徳川勢のただ中に取り残された。

その中から大音声(だいおんじょう)を上げた者がいる。

「我こそはと思わん者はかかって参れ。いざ組み打ちせん」

「望むところじゃ。お相手いたす」

いち早く応じたのは大久保忠世の弟平助(へいすけ)。

後に天下の御意見番と呼ばれる大久保彦左衛門(ひこざえもん)だった。

かがり火に照らされた陣中でのことである。二人は戦場の熱狂の渦のただ中で、相手が誰とも知らずに斬り合った。

一合、二合と刀を打ち合わせていると、相手の刀が鍔元から折れた。

平助はしめたとばかりに喉をめがけて突きを放ったが、相手は体を開いてそれをかわし、平助の右腕をつかんで手首をねじり上げた。

平助は頭から体当たりして相手を突き放し、そのまま腰に組みついて押し倒した。そうして馬乗りになろうとしたが、相手は横面を殴りつけて平助をなぎ倒し、馬乗りになって首をかき落とそうと脇差をさぐった。

ところが乱戦のさなかに脇差の位置が後ろにずれ、鞘走りを防ぐためのこよりも切れている。それに目を止めた平助は相手の脇差を抜き取り、鎧の弱点である脇の下めがけてひと突きした。

相手はひるまず両手で首を締めてくる。確かに手応えがあったのに、全体重をかけて恐ろしい力で締め殺そうとする。

顔を見れば立派なひげをたくわえた初老の武士で、兜の前立ても高価な細工物である。

（貴殿は、もしや……）

平助がうすれゆく意識の中で、岡部元信その人ではないかと思った時、

「平助どの、助太刀いたす」

本多主水が横合いから飛びかかって相手を引きはがした。

だが、その時にはすでに相手の命は尽きていた。

平助が突いた脇差の切っ先は、初老の武士の脇の下から心臓まで達していた。それでも相手は最後の執念をふり絞り、平助を倒そうとしたのである。

「平助どの、御首を」

主水が首を取るように言ったが、平助は相手の気迫に圧されて立ち上がることもできなかった。

主水が助けてくれなければ、間違いなく殺されていたのである。

「わしは良い。そちの手柄じゃ」

平助に言われて主水は相手の首を切り落とそうとしたが、初陣のこととてやり方が分からない。

切っ先の峰に手を当て、向こうにすり上げればすんなりと切れるのに、上から押し切ったために兜をつけた首がころころと転がり、谷底へと落ちていった。

「馬鹿者、あれは岡部元信どのだぞ」

大久保平助が怒鳴りつけると、本多主水はきょとんとした顔をした。

それが事実なら、今日一番の大手柄なのである。

「申し訳ありません。すぐに拾って参ります」

主水は転がり落ちるようにして暗い谷底に下りて行き、夜が明けるのを待って元信の首を拾い上げてきたのだった。

こうして城兵のほとんどが討ち取られたが、奇跡的に脱出に成功した者もいた。

武田勝頼が軍監として派遣していた横田甚五郎尹松である。

軍監は城内の監督をすると同時に、戦の結果を主君に報告する義務をおっている。

甚五郎はその務めをはたそうと、高天神城の馬場平から犬戻り猿戻りと呼ばれるやせ尾根を通って脱出し、甲府へ向かったのだった。

元忠から詳細な報告を受けた家康は、惣勢山本陣で首実検にのぞんだ。

その数は六百八十八。

中でも真っ先に披露されたのは岡部元信だった。配下の岡部帯刀、三浦右近、朝比奈弥六郎らがそれにつづく。

いずれも今川家中でその名を知られた者たちだった。

武田家の軍勢では江島直盛（えじまなおもり）、孕石元泰、栗田刑部丞（くりたぎょうぶのじょう）、栗田彦兵衛（ひこべえ）などなど。

家康は披露される首をひとつひとつ見やり、手柄の者に言葉をかける。

勝ち戦ではもっとも大切な仕来り（しきたり）だが、いつ自分が逆の立場になるか分からない。

そう思うと同情と憐憫（れんびん）の情がつのって、心の中で念仏をとなえなければ正視することができなかった。

合戦の結果は「頸注文（くびちゅうもん）」と呼ばれる文書にまとめ、水野忠重を通じて安土城の織田信長に報告した。

時に家康四十歳。不惑の年にふさわしい成長ぶりだった。

第五章

武田家崩壊

甲州征伐

信濃
飛驒
金森長近
武田勝頼
織田信忠
岐阜城
安土城
甲斐
北条氏
駿河
遠江
浜松城
徳川家康

天下の面目を失った武田勝頼は、もはや死に体だった。二万の軍勢をひきいて甲斐にもどったものの、織田信長と和睦する道は閉ざされ、周辺大名ばかりか重臣たちからまで見放されつつあった。

この後新府城をきずいて領国の防衛をはかろうとしたが、翌天正十年（一五八二）三月には織田、徳川、北条の連合軍に攻められ、敗走先であえなく自害することになる。

ところが戦国の世の転変は定めなきもので、それから三ヶ月もたたないうちに信長が本能寺の変で横死する。

そこにいたる物語をこれから始める訳だが、その前に天正九年二月二十八日に信長が内裏の東隣で行った馬揃えについて記しておきたい。

この行事は「左義長を見たい」という正親町天皇の求めに応じておこなったと、一般的には言われている。

ところが実際には、信長は左義長（正月十五日におこなう火祭り。どんど焼きともいう）をという帝のご要望を利用して、大々的な馬揃え（軍事パレード）を決行した。

そこには信長の隠された意図が二つあった。

ひとつはこの機会に朝廷を屈服させ、公武すべての権力を掌握することで強力な中央集権体制をきずくこと。

もうひとつはイエズス会の東インド巡察師であるアレッサンドロ・ヴァリニャーノを馬揃えに招き、すべて（天皇さえも）の権力を我が手に掌握していることを、見せつけることである。

事の発端は正親町天皇がご譲位の希望を明らかにされたことだった。

御歳六十五。人間五十年といわれた当時ではかなりのご高齢である。しかも在位は二十五年におよび、皇太子である誠仁親王は三十歳になっておられる。

そろそろ皇位をはなれ、上皇となってゆっくりしたいと思われるのは無理からぬことである。

誠仁親王は英邁なお方で、後を任せるのに何の不都合もないので、朝臣たちは帝のご要望に応じるべきだと一決したが、ひとつ大きな問題があった。

信長の処遇をどうするかということである。

元亀四年（一五七三）七月に足利義昭を京から追放した信長は、朝廷に要請して天正に改元した。

幕府にかわって天下を治める立場に立ち、その後も順調に官位を上げていった。

その様子は以下の通りである。

天正二年　従三位参議

天正三年　権大納言兼右近衛大将

天正四年　正三位・内大臣兼右近衛大将

天正五年　右大臣兼右近衛大将

天正六年　正二位

右近衛大将とは右近衛府の長官のことで、常設の武官では最高の位である。

それに右大臣を兼ねているのだから、朝廷最高の実力者になったわけだが、天正六年（一五七八）四月九日、信長は突然右大臣も右近衛大将も辞任し、無官になった。

これは朝廷にとって大変困った事態である。

なぜならこの国で権力の座につく者は、関白であれ征夷大将軍であれ、天皇から官位をさずけられ、その任命と承認のもとで権力をふるうのが仕来りだったからだ。

それなのに無官の信長が天下人の座につくのは、天皇の権威を無視するやり方であり、朝廷の存続そのものがおびやかされかねなかった。

だから朝廷としては何としてでも信長に官位を授けたい。

しかも正親町天皇がご在位のうちに成し遂げなければ、信長は新帝となられる誠仁親王にどんな無理難題を突き付けるか分からない。

そう考えた朝廷の有力者（前関白近衛前久がその中心）は、帝のご依頼で信長に左義長を挙行させ、その恩賞として太政大臣でも関白でも将軍でも、望みの官位を与えることにした。

ところが信長はこの機会をとらえ、左義長を馬揃えにすり替えたばかりか、朝廷を自分の支配下におくための策を巡らしていた。

それは自分の計らいで今上から誠仁親王へ譲位させ、次には誠仁親王から親王の皇子である五の宮に譲位させるというものだった。

信長は、数年前からこうした構想を持っていたようで、手回しよく五の宮を猶子（養子に近い）にしている。その方が即位なされば自分は天皇の父親になり、太上天皇となって朝廷を支配することが出来るのである。

日本史上、こうしたことを目論んだ武家は他に二人しかいない。平清盛と足利義満で、二人とも謎の急死をとげている。

その危うい道に、信長も踏み出したのだった。

馬揃えの様子について『信長公記』には次のように記されている。

〈御馬揃。二月廿八日、五畿内隣国の大名・小名・御家人を召寄せられ、駿馬を集め、天下において御馬揃をなされ、聖王へ御叡覧に備へられ訖〉

翌日、信長は馬揃えへのご臨席のお礼言上のために参内したが、正親町天皇は不例（病気）を理由に対面に応じられなかった。

もとより無官の者が内裏で帝に対面することはできない。

その上、左義長を馬揃えにすり替えた信長のやり方に憤っておられただけに、会おうとはなさらなかった。

しかし、突き放したままでは後が怖い。それに官位につける上でも不都合である。

そこで信長の後を追うように、女房衆四人を本能寺につかわされた。

〈廿九日。昨日のむまそろへみ事とて。けふ上らふ。なかはし。宮の御かたよりは御あちやや御ちの人つかはさるゝ〉

内裏の女官達の手になる『御湯殿の上の日記』にはそう記されている。

二十九日、昨日の馬揃えは見事と伝えるために、今日上臈の局と長橋の局、誠仁親王のもとからは阿茶の局と御乳の人がつかわされた、という意味である。

信長は上機嫌で四人と会い、朝廷が官位につくようにお求めなら、左大臣に推挙していただきたいと返答した。

ところが朝廷としては、左義長に対する褒美ならどんな官位でも与えるが、馬揃えに対して褒美を与えることはできなかった。

まんまとあざむかれた上に褒美まで与えては、朝廷の面目は丸潰れになるからである。

その返答を聞いた信長は、三月五日に二度目の馬揃えを行った。

このことについて太田牛一は次のように伝えている。

〈三月五日、禁中より御所望に付いて又御馬めさせられ、此時は御馬揃の中の名馬五百余騎を寄せさせられ、御装束は黒き御笠に御ほふこふ何れもめされ、くろき御道複（道服）に御たち付け、御腰簑させられ候なり〉

五百騎ばかりの精鋭部隊に黒ずくめの装束をさせ、内裏のすぐ側の馬場で走り回らせたのである。

　これは決して「禁中より御所望」などではない。

　信長は左大臣に推挙しない朝廷に対し、表向きは馬揃えという形を取りながら、異形の部隊を使って脅しをかけたのである。

　脅迫に屈した朝廷は、三月九日に上臈の局と長橋の局を本能寺につかわし、左大臣に推挙するので受けてもらいたいと申し入れた。

　信長は勅使の女房二人に褒美として白銀三枚ずつを贈ったが、推挙に対する返答は驚くべきものだった。

「有り難いご推挙ではあるが、現職の一条内基卿を押しのけての就任は心苦しい。主上のご譲位と宮さまのご即位を成し遂げた後に、それなりの職につかせていただく」

　勅使の二人にそう答え、翌十日未明に安土城へと引き上げた。

　信長がこうした回りくどいやり方をしたのは、官位につかせたいという朝廷の望みを逆手に取り、自分の計らいによって譲位が行われたという前例を作りたかったからである。

朝廷の前例踏襲主義は強固なもので、前例がないということが何かを拒否する際の最大の理由にされる。

ところが前例さえあれば、拒まれることはほとんどない。なぜなら前例を否定すれば、朝廷や帝の権威の絶対性を否定することになるからだ。

長年の朝廷との交渉によって信長はそのことを知り抜いていて、この機会に正親町天皇のご譲位を計らったという実績を作り、やがて誠仁親王から自らの猶子である五の宮に譲位させる布石にしようとしたのである。

さらにもうひとつ。朝廷にとって絶対に許すことができない暴挙を、信長は実行に移そうとしていた。

安土城の本丸に清涼殿と同じ構えの御殿を作り、帝の行幸(ぎょうこう)をあおごうとしていたのである。

単に行幸をあおぐだけなら前例のないことではない。問題は清涼殿らしきものが建てられる本丸は、信長が住居としている天主閣より低い位置にあることだ。

そこに帝がお入りになっては、信長より下位に立っていることを天下に示すことになる。

朝廷ではそう考え、何としてでもこれを阻止しようとしていたのだった。

一方、イエズス会の東インド巡察師であるアレッサンドロ・ヴァリニャーノは、馬揃えの六日前、二月二十二日に京都に着いた。

馬三十五頭、馬借四十人が信長への献上品を運び、騎馬八十、徒兵二百が警固するものものしい行列だった。

ヴァリニャーノはイタリア南部のナポリ王国で一五三九年に生まれているから、信長より五つ歳下である。

ヴァリニャーノ家はナポリでも有数の名門貴族で、父親は枢機卿・大司教をつとめ、ローマ教皇パウロ四世とも親しい間柄だった。

若くしてベネチアにあるパドヴァ大学で法律学を学んだヴァリニャーノは、やがてイエズス会に入り、東インド巡察師に任じられた。

東インド巡察師とは、西はアフリカの喜望峰から東は日本まで、イエズス会の東洋における活動状況を視察して回る役目である。

それもイエズス会総長の名代として任命されたのだから、これまで来日した宣教師の中では、フランシスコ・ザビエルと並ぶ大物だった。

天正九年二月二十二日、ヴァリニャーノは多数のキリスト教信者にともなわれて高槻を出発、夜には洛中（らくちゅう）にある南蛮（なんばん）寺に到着した。

そして翌日には本能寺をたずねて信長と対面した。

信長はヴァリニャーノを手厚くもてなし、いろいろと質問した後、五日後に洛中で馬揃えを行うので、参加するように命じた。

そのことについて、フロイスは次のように記している。

〈信長は、巡察師が司祭、修道士全員といっしょにこの催しに列席するように特に命令し、そのために高台から見物できる桟敷に似て、よく設備された立派な場所をわざわざ彼に提供した〉（『完訳フロイス日本史3』中公文庫）

この一文に、信長が馬揃えを挙行した理由が明確に表れている。

つまり表向きは正親町天皇の求めに応じて左義長を行うと言いながら、その実はヴァリニャーノに見せるために馬揃え（軍事パレード）を行い、自分が日本国の王であることを示そうとした。

そのことはヴァリニャーノが贈呈した金の装飾をほどこした椅子を、信長が馬揃えの入場の際に用いたことにも表れている。

〈信長はこの椅子をことのほか喜び、自分の入場に威厳と華麗さを加えるために、それを四人の男に肩の高さに持ち上げさせて、自らの前を歩かせた。そして行事の最中、彼の身分を誇り、その偉大さを表示するために、一度馬から降りて椅子に坐って見せ、他よりも異なる者であることを示した〉（同前）

信長はヴァリニャーノが贈った椅子を、ローマ法王やポルトガル国王から与えられた王座に見立て、わざわざ座って見せるパフォーマンスをしたのである。

安土にもどった信長は、ヴァリニャーノと懸案の外交交渉を行った。

この席でヴァリニャーノは、信長がひそかに危惧していた事実を突き付けたと思われる。

信長が直面しているのは外交問題である。

ヴァリニャーノをこれほど厚遇しているのも、イエズス会の仲介がなければポルトガルとの外交関係が良好に保てず、南蛮貿易を行うことができなくなるからだ。

ところがこの前年、一五八〇年に肝心のポルトガルで重大事件が勃発していた。国王エンリケ一世が一月末に他界し、後継者をめぐる争いが起こったのである。

この混乱に乗じたのは、隣国スペインのフェリーペ二世だった。

彼は自分の母親がポルトガル王室の出身だということを理由に後継者の権利を主張し、同君連合という形でポルトガルを併合した。

そのためにポルトガルを後援者としてきたイエズス会も、ポルトガルと友好関係を保って来た信長も、スペインとの関係をどう構築するかという問題に直面した。

そこでヴァリニャーノは馬揃えの後から七月十五日まで安土に長期滞在し、この問題について話し合ったと思われる。

残念ながらそれを証明する記録は残されていないが、ヴァリニャーノはスペインとの仲介役となり、新たに外交関係を築く上での条件を信長に提示したのだろう。ところが信長はこれを拒否し、イエズス会ともスペインとも関係を断つことになった。

この後信長が総見寺（そうけんじ）に自分を神として祭らせ、家臣や領民に参拝させていることから、そのことがうかがえる。

これはキリスト教と決別したことを天下に示し、キリシタン大名や信徒たちに信仰を捨てて自分に従うように迫るための「踏み絵」だった。

長年信長と親交のあったフロイスは、

〈彼は、それらすべてが造物主の力強き御手から授けられた偉大な恩恵と賜物であると認めて謙虚になるどころか、いよいよ傲慢となり、自力を過信し、その乱行と尊大さのゆえに破滅するという極限に達したのである〉（同前）

そう記して信長のやり方を痛烈に批判しているが、筆者には「信長はイエズス会の支援のおかげで華々しい成功をおさめることができたのに、自力を過信し我らを裏切ったために破滅した」と言っているように聞こえてならない。

信長はヴァリニャーノからいったい何を求められ、なぜこれほど大きな方針転換をしたのか。それについて徳川家康は、後に信長自身から詳しく聞かされることになったのだった。

運命の天正十年（一五八二）の年が明けた。

この頃、信長と鞆の浦の足利義昭の戦いは、信長有利のうちに最終段階を迎えようとしていた。

その最大の功労者は羽柴秀吉、明智光秀、そして徳川家康である。

秀吉は天正五年から西国攻めの司令官となり、黒田官兵衛の協力を得てまたたく間に播磨を制圧したばかりか、但馬もほぼ掌中にして義昭を奉じる毛利輝元をおびやかした。

光秀は天正七年六月に丹波の八上城を攻め落とし、荒木村重と通じて信長にそむいた波多野一族を亡ぼした。

八月には黒井城を攻め落として丹波、丹後を平定。翌年には丹波一国を加増され、丹後の細川藤孝、大和の筒井順慶などが寄騎として配属された。

二人の華々しい活躍に比べれば、この頃の家康の働きは地味なように思われがちである。

だが、名将武田信玄とその子勝頼を相手に一歩も退かず、長篠の戦い、高天神城攻めと勝利を重ね、武田家を凋落させた手腕は、信長や同僚の武将たちから高く評価されていた。

正月三日、家康は浜松城で新年の祝いを行った。

重臣たちを集め、今年の目標について語った後、酒宴を開いて主従の結束を強めた。

「街道の雪が解けるのを待って、信長公は甲斐、信濃に兵を進め、武田家を討伐される。その時には我らも駿河を攻め取り、甲斐に攻め入らねばならぬ」

家康は晴れ晴れとした気持ちで皆に告げた。

武田攻めにかかるという知らせは、昨年末に信長から届いている。織田、徳川、北条の軍勢十万ちかくが、いっせいに甲斐、信濃に攻め入るのだから、武田の命運は尽きたも同然である。

ようやくここまでたどり着くことができたと、感慨もひとしおだった。

酒宴の後、富士見櫓で茶会を開いた。

初釜というほど仰々しいものではないが、点前をつとめる松平康忠が道具にも部屋のしつらえにも品のいい工夫をこらしていた。

招いたのは酒井忠次、鳥居元忠、石川数正。それに本多忠勝と榊原康政を加えている。

二人ともすでに三十五歳。先手組の大将として華々しい功績を上げていた。

櫓から見はるかすあたり一面、雪におおわれ、陽に照らされて白銀色に輝いている。空は真っ青に晴れて雲ひとつなく、彼方に小さく富士山が見えていた。

あの山までが駿河国、その北側には攻め込むべき甲斐国が広がり、武田勢三万がひしめいているのだった。

全員が席につくと、三方ヶ原に向かって黙禱をささげた。

信玄との戦いで討死した千人もの家臣たちに、皆がひとしきり心の中で向き合い、その死を決して無駄にはしないと誓う。

戦いがあったのは元亀三年（一五七二）十二月だから、今年で十年目になる。その間ずっと、新年の祝いの日にはこうして祈りをささげてきたのだった。

「もう十年。月日のたつのは早いものでござるな」

忠次の目は涙にうるんでいる。

家康を守ろうとして踏み止まり、次々と討ち取られていった者たちの姿が、今も脳裡に焼きついているのである。

「さよう。我らもあの時、死んで当たり前の身でござった。よう家も命も失わず、こうして生き抜いてきたものでござる」

元忠がしんみりと肩を落とした。

「今にして思えば、あの時殿が出陣と決められたからこそ、我らはこれほど強く結束することができたのかもしれませぬ。もし武田を怖れて籠城していたなら、今の勝頼と同じ運命をたどっていたことでございましょう」

　数正はいつものようにうがったことを言う。

　今年で五十歳。今では岡崎城代となって三河一国を差配していた。

「今日集まってもらったのは、その勝頼を亡ぼすための手立てをめぐらすためじゃ」

　家康の言葉を待って、康忠がすかさず東国の状況を記した絵図を広げた。

「信長公は木曽を領する木曽義昌に調略をかけておられる。内応の返事が来たなら、嫡男信忠どのを大将として、木曽口から信濃に攻め込まれるであろう」

　信忠の手勢はおよそ三万。

　これに加えて飛騨口からは金森長近、駿河口からは家康、関東口からは北条氏政が攻め込む手筈だった。

「早ければ二月初め、遅くとも二月中頃には信忠どのは兵を出されよう。それまでに我らも駿河制圧の段取りをつけておかねばならぬ」

「小山城、滝境城を落とし、遠江から武田勢を追い払うことが先決でございますな」

忠次が絵図に描かれた二つの城を指した。

高天神城が落ちた後も、武田勢は遠江にしがみつくように二つの城を死守していた。

「さようでござるな。大井川より西を押さえれば、後顧の憂いなく田中城、持舟城に攻めかかることができまする」

元忠も身を乗り出して絵図をにらんでいる。

「そのお考えはもっともなれど」

数正は今さらそんな物を見る必要もないと言いたげに腕組みしたまま、大事なのは兵を動かすことではなく、調略によって駿河の諸将を身方に引き入れることだと言った。

「標的は江尻城の穴山梅雪でござる。あの御仁は近頃勝頼と不仲だと聞きましたゆえ、いい条件さえ示せばなびいて参りましょう」

「しかし梅雪は信玄公の娘婿、武田一門の重鎮でござるぞ」

簡単に調略できるはずがないと、忠次は疑わしげだった。

「むろん簡単ではござるまい。しかし、それがしは駿府に使いした時、何度も梅雪と会っております。目端の利いた男ゆえ、勝頼とともに滅亡するよりは生き延びる道を選ぶものと存じます」

「勝頼と梅雪が不仲だと申したが」

それはなぜだと、家康がたずねた。

「勝頼が北条との同盟を破棄し、上杉と盟約を結んだためでござる。梅雪はそれでは駿河が保てなくなると反対したようですが、勝頼は長坂釣閑斎や跡部勝資の意見を容れて、上杉と手を結びました。それ以来、梅雪は武田家の重臣会議からはずされております」

「どんな条件なら、梅雪はなびくと思う」

「勝頼が滅んだ後も、甲斐一国を安堵すること。武田家の名跡を継がせること。それくらいでござろうか」

数正は犬に餌でも投げるような言い方をした。

「忠勝、康政、この儀はどうじゃ」

家康は数正の口説に乗せられるのが嫌で、二人の意見を聞くことにした。

「石川どののおおせの通りと存じます」

「穴山どのを身方につけたなら、駿河の諸将は雪崩を打って我が方へ参じましょう」

忠勝と康政は口をそろえて賛同した。

「ならば梅雪の調略は数正に任せる。この浜松城にとどまって策を講じよ」

「承知いたしました。ただし、ひとつお願いがございます」

しばらく服部半蔵を配下として使わせてほしい。数正はそう求めた。

「なぜ半蔵を……」

「梅雪は妻子を人質として武田に差し出しております。半蔵の手によってこれを救い出せば、内応を拒む理由もなくなりましょう」

「半蔵にそのように伝えておく。皆も持ち場にもどり、出陣の仕度を急いでくれ」

話が終わると、皆で濃茶を回し飲んで結束の証とした。

康忠が練り上げた濃茶は色あいも良く風味も豊かである。

鼻から脳天へと抜けていくふくよかな香りが、なぜか牧野城で信康とともに今川氏真の茶の振る舞いにあずかった時のことを思い出させた。

「高天神城では討ちもらしたが、これで信康の仇を討ってやることができる。皆もそのつもりで励んでくれ」

「さようでござるな。若殿が亡くなられてから、もう二年四ヵ月がたち申した」

忠次が茶碗に口をつけた所を懐紙でぬぐい、数正に回した。

数正も同じようにして元忠に回してから、

「しかし殿、いつまでも仇討ちにこだわられるのはいかがかと存ずる」

家康に向き直って進言した。

「それはどういう意味じゃ」

「このような席ゆえ、あえて申し上げまする。高天神城攻めの際には、殿が仇討ちにこだわられたゆえ、将兵に必要以上の負担をかけてしまいました。此度の甲州攻めの際にそのようなことがないよう、気持ちを切り替えていただきたいのでございます」

「うむ、確かに」

勝頼を後詰めに誘い出す策を取らなければ、あれほど長期の包囲戦をつづけることはなかった。

家康は怒りに波立ちかけた心を抑えて自分の非をかえりみたが、数正はつい図に乗って言わないでいいことまで口にした。

「殿にはこれから、天下のことを見据えて采配をふるっていただかねばなりません」

「天下のことだと」

「さよう。武田征伐が終わったなら、信長公は征夷大将軍になって幕府を開かれることでしょう。その時東国の要となられるのは、長年信長公を支えてこられた殿でござる。それゆえ今度の武田征伐では、北条に遅れを取るわけには参りませぬ」

「それゆえ仇討ちなどという甘い考えは捨てよと申すか」

「甘いなどとは申しておりません。情に流されて判断を誤ることのなきようにと申し上げております」

「数正、小賢しいことを申すな」

家康はついにこらえかねて声を荒らげた。

茶をすすっていた康政が、肩をぴくりと震わせたほどの大声だった。

「わしは徳川家と天下のことを考えたゆえ、泣く泣く信康を犠牲にしたのだ。情に流された親なら、そのようなことは絶対にせぬ。たとえ家を亡ぼすことになろうと、信康を守るために兵を挙げたであろう。それゆえわしにとって、信康の仇討ちは天下に関わることなのだ」

「殿、直言するは忠臣の証と、唐の『貞観政要』にも記されておりまする」

忠次がおだやかにたしなめた。

「確かにその通りだが、間違ったことまで黙って聞いているわけにはいくまい」

「正しいか正しくないかは、肚の内でより分ければ良いのでござる。そのように腹を立てられては、直言することなどでき申さぬ」

結局、家康は穴山梅雪の調略を数正に任せたが、その手腕は見事なものだった。家康が駿河に攻め入ったなら内応するという梅雪の返事を、二十日もしないうちに取りつけてきたのである。

「これが約定でございます」

差し出した梅雪の書状には、「石川伯耆守どのの計らいに感謝する。武田四郎（勝頼）が天下の面目を失った上は、武田宗家を引き継ぐ資格を奪われるのは当然のことである」と記されていた。

「ただし甲斐の人質を奪い返すまでは、他言無用に願いたいとのことでございます」

「構わぬ。それで良い」

「しかし、この書状を使わぬ手はございません。能筆の者に写しを作らせ、駿河の諸城にばらまいたらいかがでしょうか」

「それでは武田に知られることになろう」

人質が危険にさらされるではないかと、家康は人のいい気遣いをした。

「知られたとしても、梅雪が反旗をひるがえさぬうちは、武田も人質を処刑したりはいたしませぬ。これは瀬名さまの密書を使って若殿を操った、勝頼への仕返しでござる」

家康の承諾を得た数正は、さっそく梅雪の書状の写しを作り、半蔵の配下を使って駿河中の有力者にばらまいたのだった。

万全の準備をととのえた家康は、一月末から二月初めにかけて、しきりに鷹狩りに出た。

浜松城の近くばかりか、時には三方ヶ原や井伊谷、長篠まで足を延ばし、自慢の鷹を飛ばして山鳥や雉、雁を狩った。

勢子に追い立てられて飛び立つ何百羽もの鳥に目がけて鷹を放つと、鷹はいったん空高く舞い上がり、獲物に向かって急降下していく。

それは戦場での武士の姿を見るようだった。

ある日、浜名湖の近くまで足を延ばした帰り、宇布見村（浜松市西区雄踏町）の近くを通りかかった。

この地の領主である中村正吉に、側室のお万と次男於義丸（後の結城秀康）を預けたままにしている。

従妹のお万を愛でて成した子だが、生まれたのがこの当時「畜生腹」と忌み嫌われていた双子だったために、出産後も預けたままにし、いつの間にか八年もたったのだった。

（確かあの子達が生まれたのは、今頃だった）

家康はふと思い当たり、先触れを出して中村家を訪ねてみた。

土塀をめぐらした一町（約百十メートル）四方の屋敷は、あの頃のままである。

四足門の前に立つと、双子と知って悄然と門を出た日のことをまざまざと思い出した。

「殿、お立ち寄りいただき、かたじけのうござる」

白髪が目立つようになった正吉が、深々と頭を下げて出迎えた。

「急に雑作(ぞうさ)をかける。よい雉が獲(と)れたので、お万と於義に食べさせてやろうと思ってな」

家康は足に縄をかけてぶら下げた雉を差し出した。

「それはお喜びでございましょう。どうぞ、奥へ」

「二人とも、元気か」

「お万さまは風邪を召しておられましたが、今は元気になられました。於義丸さまは天下(てんか)をつれて野山を駆け回っておられます」

「天下だと」

「これはご無礼いたしました。野犬を家来になされ、天下と名付けて手足のように使っておられるのでございます」

お万は今も離れで暮らしている。

中庭を横切る渡り廊下を歩きながら、家康は双子を前にして「どちらかをお選び下されませ。残った子は、わたくしが命を断ちまする」と言って懐剣を胸元に引き寄せたお万の形相を思い出した。

その覚悟は見事なものだが、家康は殺される赤児のことを思い、おぞましさに鳥肌が立つのを抑えることができなかった。それ以来、お万からも足が遠ざかったのである。

お万は離れの居間で出迎えた。

季節には少し早い桜色の打掛けを着て、うっすらと化粧している。ふくよかになって険が取れ、観音様のようなおだやかな表情をしていた。

（おばばさま……）

家康は驚きに足を止めた。

顔立ちも体付きも源応院に瓜二つだった。

「三河守さま、お久しゅうございます」

お万は他人行儀な挨拶をした。

「元気そうで何よりじゃ。於義丸が生まれたのは今頃であったと思うが」

「二月八日、明日でございます。年が明けて九つになりました」

「元気に育っていると、中村から聞いた。信康の一周忌に会って以来ゆえ、もう一年半になる」

「ずいぶん背も伸びました。毎日何かを仕出かしてくれますので、退屈することがありません」

お万が口元に袖を当てて笑った。

母親の愛情の深さを感じさせる品のいい仕草だった。

「さようか。庭もずいぶん手入れが行き届いておるな」

「花を植えたり野菜を育てたりしております。そうそう、お茶などご賞味して下さりませ」

お万がうながすと、清子（きよこ）が湯呑（ゆの）みに茶をそそいだ。この屋敷に移った時から仕えている老年の侍女だった。

茶は赤茶色で、かすかに薬草の香りがする。少し苦みがあるが、すっきりとした飲み口だった。

「いかがでございますか」

さあ答えてと言いたげに、お万が目を輝かせた。

「煎じた茶に、何か薬草を混ぜたもののようだが」

「そうです。之布岐（ドクダミ）を天日で乾燥させ、焙じ茶に混ぜたものです。疲れが取れると評判なのですよ」

「そう言えば、何やら肩のこりがほぐれてきたようだ」

　家康は愛想を言って両肩を上下させた。

「近々甲州攻めに出陣なさるそうですね」

「ああ。これで武田の命運も尽きることになろう」

「甲州は寒い所だそうですから、このお茶を持っていって下さい。体が温まりますから」

「そうさせてもらおう。武田が亡びたなら、駿河は我が領国となるはずじゃ。かつての今川家と同じく、三ヶ国を領する大名となる」

「そうですか。おめでとうございます」

「どうであろう。駿府に城をきずいたなら……」

　家康はしばし言いよどみ、その城に住まないかと勧めてみた。

「わたくしのような者が、今さらそのような」

「今さらなどと言ってくれるな。古い迷信にとらわれていたわしが愚かだったのだ。それに駿府は、おばばさまが住んでおられた場所でもある」

「まあ、おばばさまの代わりをせよということですか」

「そうではない。いや、あるいはそうかもしれぬ」

「実はわたくしも、近頃似てきたと思っているのですよ。こんなに太ったからかしら」

お万が声を上げて屈託なく笑った。

その時、裏口の戸が開いてひょろりと背の高い少年が入ってきた。

顔は浅黒く髪はぼさぼさで、背中に大きな弓を背負っている。

後ろには耳の尖(とが)った真っ黒な犬を従え、犬の背中に荒縄で猪(いのしし)を縛りつけていた。

「於義丸、どうしたの。お父上ですよ」

早くここに来て挨拶しなさいと、お万が突っ立っている少年に声をかけた。

「於義丸か。大きくなったな」

家康は親しみの手を差し伸べようと声をかけた。

前に会った時より二寸（約六センチ）ほど背が伸び、肩幅も広くなっていた。

りである。

　於義丸は黙って突っ立ったまま、吊り上がった切れ長の目で家康を見つめるばか

　こいつはなぜ母上の側にいるのか、敵なのか身方なのか、それを見極めようとする鋭い目だった。

「その犬が天下か」

　家康がたずねてもうなずくだけである。

　つぶらな瞳をした黒い犬の方が、よほど可愛げがあった。

「猪はどうした。その犬が獲ったのか」

　今度は首を横に振った。

「お前が獲ったのか」

　当然だというようにうなずいた。

「その弓で仕止めたのか」

　於義丸がふっと笑った。馬鹿なことを聞く奴だと言いたげだった。

「なぜ口を利かぬ。しゃべれぬ訳ではあるまい」

　家康は自尊心を傷付けられ、何とか話させようとした。

於義丸は無言のまま天下の横に片膝をつき、荒縄をほどいて猪を下ろした。

体長は三尺（約九十センチ）、重さは七貫（約二十六キロ）ほどはあるだろう。それを背中に荷(かつ)いで家康の前まで進み、縁側にどさりと置いて走り去った。

「驚いたな。まるで野獣だ」

「でも父上と分かっているのですよ。これは贈り物のつもりでしょう」

お万は久々に打ち解けて、いったい誰に似たのでしょうねと笑った。

「わしかもしれぬ。子供の頃は手がつけられない暴れ者だったそうだ」

家康は猪の傷を改め、どうやって仕止めたのかを確かめた。

傷跡はただ一ヶ所。耳の後ろを矢で射貫かれているばかりである。しかも反対の耳の後ろまで貫通している。

九つの子供とは思えない、凄(すさ)まじい腕前だった。

夕方浜松城にもどると、程なくして酒井忠次の使者が駆けつけた。

「木曽と信濃が織田方の身方をすることが必定となりました。信忠どのが近日ご出陣。信長公も近々ご動座なされるそうでございます」

忠次の使者が知らせたのは、次のようなことだった。

一月下旬、信長に通じた木曽谷の木曽義昌が、武田勝頼に反旗をひるがえした。二月二日、勝頼は一万余の軍勢をひきいて諏訪上原城まで出陣し、義昌討伐に乗り出した。

この報告を受けた信長は、間髪いれずに二月三日に武田攻めの軍令を下した。命を受けた嫡男信忠は、二月六日に先陣の河尻秀隆を岩村口から、森長可を木曽口（妻籠口）から攻め込ませた。

岩村口の滝之沢城（下伊那郡平谷村）には、信玄の妹婿である下条信氏が守備についていたが、織田勢が侵攻してきたと聞くと一戦も交えることなく敗走した。木曽口でも抗戦する者はなく、織田勢は無人の野を行くがごとき快進撃をつづけている。

この報告を受けた信忠は、二月十二日に出陣すると決めたという。

家康は諸将にこのことを告げ、出陣の準備を急がせた。

「弾薬を潤沢に用意させよ。兵糧は一月分だけでよい。防寒の仕度をおこたらぬようにな」

気持ちが逸って矢継ぎ早に指示をした。

十四日の夜、異変があった。

遠くで地鳴りがしたかと思うと、東の空が朱色に染まった。

つづいて地上から噴き上がる黒い煙に空がおおわれ、煙の中をいく筋もの稲妻が走った。

浅間山が噴火したのである。

空が赤く染まる様子は、浜松どころか京都や奈良からも見えて、天下の異変の前兆だとささやき合う者も多かった。

中でも甲斐や信濃の領民は大きな被害を受け、戦仕度もままならない状態におちいったのだった。

その二日後、遠江の小山城が自落したという報がとどいた。

穴山梅雪が内応したと知らされていた上に、織田勢が信濃に侵攻したと聞いた城兵たちは、駿河まで退却して様子をうかがうことにしたのである。

「滝境城も同様に自落しました。城兵たちは船をつらねて持舟城へ向かっております」

労せずして遠江の平定に成功した家康は、二月十八日に浜松城を出陣して掛川城に入った。

翌日に大井川を渡り、二十日には依田信蕃が守る田中城（静岡県藤枝市）を包囲した。

依田信蕃は二俣城や高天神城の守備にもあたった名将で、これまで家康は何度も田中城を攻めたが、そのたびにはね返されてきた。

ところが信蕃は、今度ばかりは抗しがたいと判断したようで、城を明け渡して本領の信濃に退去していった。

家康は翌二十一日に駿府に着き、武田勢が逃げ去った駿府城に入った。

かつて今川義元や氏真が居館とした室町御所風の風雅な館は、武田家の占領後に強固な城に作り変えられている。

家康が人質として過ごした頃の面影は残っていないが、遠くにそびえる竜爪山や、賤機山のふもとにある浅間神社の景色はあの頃のままで、感慨もひとしおだった。

（二十二年か……）

この城を出たのは、桶狭間の合戦の時である。

今川義元の馬廻り衆に抜擢され、三百の手勢と千五百にのぼる人質衆の軍勢をひきいて、赤鳥の旗をかかげていた。

赤鳥の旗は今川家に伝来した由緒あるもので、家康が今川家の重臣に取り立てられたことを示していたが、それは三河の独立を許さないという義元の意志の表れでもあった。

出陣の途中で浅間神社の朱塗りの鳥居をながめ、

（どうかお守り下さい。手柄を立てさせて下さい）

社殿に向かって祈りをささげたものだ。

あれから二十二年。思えば長いようでもあり、一炊の夢のようにも感じられた。

翌日、家康は重臣たちを従えて浅間神社に参拝し、これまでのご加護を謝し、これからの武運長久を祈った。

参拝を終えると、重臣たちの前に立って今の思いを伝えた。

「桶狭間の戦いに敗けて大樹寺に逃げ込んだ時、わしのまわりには二十数人の家臣しかいなかった。しかし、この世を浄土に近付けるために生きてみよという登誉上人の教えに接し、もう一度立ち上がろうと勇気をふりしぼった。以来二十二年、皆のお陰で駿河の地に旗を立てられるまでになったが、わしの気持ちはいささかも変わっておらぬ。この世を浄土に近付けるとは、家臣、領民が幸せに暮らせる国、戦におびえることなく安穏に暮らせる国をきずくことだ。武力や権力によって従わせるのではなく、道理と良心によって領民がなつき寄る領主にならなければならぬ」

そのためにはどうすれば良いかと、家康は一人一人を見つめて問いかけた。

「御仏の教えを常に胸におさめておくことだ。そして自分の及ばざるところに思いを至し、御仏の教えに近付くには何をすればいいかと工夫をこらして、一歩でも半歩でも理想に近付くことが喜びだと思えるようになることだ。我が家中にあっては、戦で敵を打ち破ることを一番の手柄とはいたさぬ。御仏の教えに従い、家臣や領民の手本となる生き方をすることが真の手柄なのじゃ。今度の甲州攻めでもそのことを念頭におき、甲斐の領民を苦しめぬようにしてもらいたい」

家康の考えは近頃そうした高みにまで至っている。

その教えは徐々に重臣たちにも浸透し、行政面でも軍事面でもめざましい成果を上げつつあった。

家康はしばらく駿府城にとどまり、織田や北条の動きを注視しながら甲州侵攻の機会をうかがった。

織田信忠勢は予定通り二月十二日に岐阜城を発し、十六日には岩村口から信濃に攻め込んだ。

このために大島城（下伊那郡松川町）を守っていた勝頼の叔父武田逍遥軒信綱は城を捨てて敗走した。

二月二十日、勝頼は甲越同盟を結んだ上杉景勝に援軍を求めたが、景勝は加賀、越前方面から攻め寄せてくる柴田勝家、前田利家らを防ぐのに手一杯で、兵を割いて助勢する余力はなかった。

二月二十一日には北条勢が動いた。

氏政の弟である北条氏邦が、二万余の兵をひきいて西上野の武田領に攻め入ったのである。

そして二月二十五日、石川数正が待望の知らせをもたらした。

「服部半蔵から知らせがありました。今朝方穴山梅雪の妻子を盗み出し、駿河の江尻城に向かっているとのことでございます」

数正が手柄顔でいきさつを語った。

武田方は梅雪の裏切りを警戒し、人質とした妻子の監視を厳重にしていた。

そこで半蔵らは夜明け前に城下の数ヶ所に火を放ち、混乱に乗じて妻子を盗み出したという。

「放火は織田に通じた者たちの仕業(しわざ)だという流言を放ったところ、重臣たちは躑躅(つつじ)ヶ崎(がさき)の館には駆けつけず、自分の館の守りを固めたそうでございます。これによっても、勝頼がいかに重臣たちの支持を失っているかが分かります」

「さようか。それではこれから江尻に向かい、半蔵らと落ち合った上で人質を梅雪にとどけてくれ。投降の条件もしっかりと詰めておかねばならぬ」

「恐れながら、その儀は松平康忠に任せていただきとう存じます」

「なぜじゃ。梅雪との交渉はそちに任せたではないか」

「もはや話は決まったも同じでございます。それよりも持舟城の朝比奈(あさひな)駿河守との交渉が難航しておりますので、こちらを片付けさせていただきとうございます」

家康は進言を容れ、康忠を江尻城に向かわせることにした。

数正は二日後には朝比奈駿河守信置(のぶおき)と和議を結び、二十九日には城を明け渡させた。

有力な城主たちがこうして次々と城を明け渡したのは、穴山梅雪が投降するなら戦っても無駄だと見切りをつけたからだった。

この日、康忠が梅雪との交渉を終えてもどってきた。

「梅雪斎不白どのが示された条件は、次の通りでございます」

康忠が梅雪の書状を差し出した。

投降の条件として示したのは、次の三点だった。

一、梅雪の嫡男勝千代（後の武田信治）に武田家を継がせ、甲斐一国を安堵すること。

二、梅雪には本領の河内領（山梨県南部）と駿河の江尻領を安堵すること。

三、養女であるお都摩を家康の側室とし、男子が生まれたなら勝千代の養子として武田家を継がせること。

家康は二度、三度と読み返し、梅雪の胸中を推しはかった。

一条二条は予想していたが、縁組の件は思いも寄らないことである。どんな手を使ってでも武田家を残そうという梅雪の切羽詰まった気持ちの表れだった。

「お都摩とは、どういう娘だ」

「秋山越前守の娘御を養女にされたとうかがいました」

「歳は」

「十九でございます」

「会ったか」

十九歳と聞いて、家康はにわかに興味を引かれた。

「お目にかかり、茶の馳走にあずかりました。それがしごときを秘蔵の茶碗でもてなしていただきました」

「様子はどうじゃ」

「袖さばきが見事で、無駄のない端正な点前でございます。気性の真っ直ぐな方と拝察いたしました」

「顔立ちとか体付きは」

家康は近頃閨のことから遠ざかっている。側室にしてもらいたいというなら、江尻に着いた夜にでも召し出そうかと、不埒な考えにとらわれていた。

「顔立ちは丸くふくよかで、十人並みというところでございましょう。背丈はそれがしと同じくらいで、馬を自在に乗りこなされるそうでございます」

「申し出の件、了解したと伝えよ。ただし甲斐や穴山領の安堵は、信長公がお決めになることだ。国分けが行われるまで確かなことは言えぬが、望みが実現するように最善の努力をさせてもらう」

康忠はその返答を持って江尻に向かい、翌三月一日には梅雪が投降を約する誓紙を家康に差し出した。

この知らせはまたたく間に駿河中に伝わり、武田方になっていた国衆(くにしゅう)は、旗を巻いて家康に従う姿勢を示した。

三月四日の早朝、家康は一万二千余の軍勢をひきいて江尻に向かった。

桜の盛りで、沿道の山々には山桜が薄桃色の清楚(せいそ)な花をつけている。からりと晴れた青空に、花の色がよく似合っていた。

江尻城は清水(しみず)港にそそぎ込む巴(ともえ)川の東岸にあった。

永禄(えいろく)十一年(一五六八)に武田信玄が駿河に侵攻した際に築いたもので、二重の水堀をめぐらし、港から巴川をさかのぼってくる船を収容するための船入りをもうけてある。

当初の城代は山県昌景（やまがたまさかげ）だが、昌景が長篠の戦いで討死したために、穴山梅雪が預かることになった。

武田氏が太平洋海運を維持する上でもっとも重視した城で、構えもひときわ厳重だった。

家康は正午頃に、巴川の西岸にある浄土宗の寺に入った。

高台に建てられた寺の本堂から、対岸の江尻城をながめることができた。広々とした内堀と外堀には、巴川から引き入れた水を満々とたたえている。

堀の内側には高さ二丈（約六メートル）ほどの土塁をきずき、討って出るための丸馬出しを三ヶ所も設置していた。

中でも異彩を放っているのが、観国楼（かんこくろう）と名付けた高さ十丈（約三十メートル）もの見張り櫓である。

接近してくる敵に目を光らせるばかりでなく、城内に攻め入ってくる敵を櫓の上から銃撃できる構えを取っている。

もし梅雪がこの城に立て籠（こ）もっていたならと思うと、冷や汗が出てくるほどの堅固さだった。

軽い昼食を取ってしばらくすると、松平康忠が梅雪の一行を案内してきた。

梅雪は嫡男勝千代と養女のお都摩、それに五人の近臣を従えていた。

「このたびは格別のお計らいをいただき、かたじけのうございます。お礼の品を持参いたしましたので、お納めいただきとう存じます」

梅雪は片膝をついて臣下の礼を取った。

僧形で背が低い。丸く太ってずんぐりとした体形も変わっていない。家康よりひとつ歳上で、母が信玄の姉、妻が信玄の次女という二重の縁で結ばれた、武田一門の有力者だった。

梅雪が持参したのは、黄金造りの太刀一振り、鷹一本、馬一頭である。鷹は奥州から取り寄せたもので、体が大きくいかにも敏捷そうだった。

「かたじけない。梅雪どののご英断のお陰で、将兵を犠牲にすることなく駿河を平定することができました」

「こちらとて同じでござる。徳川どのが和解の条件を認めて下さらなければ、我らは城に籠もって討死するしかありませんでした」

「ささやかながら引出物を用意いたしました。後ほど江尻城に運ばせまする」

家康はひとまず目録を渡した。

贈答の刀一振りと鉄砲百挺、それに三万発の弾薬だった。

「鉄砲百挺に、弾薬三万発……」

梅雪は驚きに目を見張り、うやうやしく目録を押しいただいた。

「当家の鉄砲はわずか三百挺。しかも近頃は弾薬を入手することができなくなっておりますので、何より有り難く存じます」

「武門の仕来りゆえ、梅雪どのには甲州攻めの先陣をつとめていただきます。人数はどれほど出せるでしょうか」

「面目なきことながら、徳川どのとの和議に反対して甲斐に引き上げた者たちもおります。三千が精一杯でございます」

「それで充分でござる。弾薬が足りなければ、いくらでも融通いたしましょう」

「ご厚情、かたじけのうござる。こちらが嫡男勝千代でござる」

梅雪に引き合わされて、勝千代が型通りの挨拶をした。

十一歳になる利発そうな少年で、まだ前髪をつけたままだった。

「そしてこちらが都摩でござる。ご覧の通りの不器量でござるが、よろしくお願いいたします」

梅雪はへり下ったが、お都摩は色白で面長の美しい娘だった。

「都摩と申します。ふつつか者でございますが、お見知りおき願いとう存じます」

口上をのべて頭を下げる仕草も雅やかだった。

「先日、康忠が茶の馳走にあずかったそうだな」

「はい。召し上がっていただきました」

「見事な点前だと申しておった。今度はわしのために点ててくれ」

家康は大いに興味を引かれ、甲州征伐がすんだなら浜松城に連れ帰ることにした。

このお都摩が後に下山殿と呼ばれ、家康の五男信吉を産むことになるのである。

家康は勝千代とお都摩を先に帰らせ、梅雪と膝をまじえて酒を酌み交わした。

「梅雪どのと初めてお目にかかったのは、永禄十二年（一五六九）の一月でございました」

「さよう。もう十三年も前でござる」

「あの時には、信玄公の深謀に肝を冷やしたものでござる。しかし、梅雪どののご尽力のお陰で事なきを得ました」

「何をおおせられる。あの時は徳川どのの知謀が、信玄公に勝っておりました。掛川城に逃げ込まれた今川氏真どのとひそかに和解し、北条と手を組んで武田を挟撃(きょうげき)するとは、並の武将にできる芸当ではありません」

家康と信玄が今川家を亡ぼして駿河と遠江を分け合う盟約を結んでいた時のことである。

信玄はこの機会に遠江の東部まで手に入れようと、秋山伯耆守虎繁(とらしげ)がひきいる三千の兵を、天竜川(てんりゅう)ぞいに侵攻させた。

家康はこの違約に猛然と抗議し、秋山勢を駿府城まで引き上げさせた。

この時、信玄の使者として交渉にあたったのが、穴山梅雪だったのである。

「あれから三方ヶ原、長篠、高天神と険しい戦をつづけてきましたが、ぶれることのない貴殿の戦ぶりは、敵の側から見ても見事なものでございました」

「ご覧の通りの無骨者ゆえ、信じた道をこつこつと行く以外に取るべき方策を知らぬのでござる」

「高天神城で男の勝負を挑まれた時、それがしは受けるべきだと勝頼公に進言いたしました。たとえ負けても、天下の面目を失うよりはましだと」

梅雪は下戸らしい。盃三杯飲んだだけで、僧形の頭まで赤くなった。

「ほう、さようでしたか」

「名誉の一戦をとげた後、徳川どのと和睦し、信長公との和議の仲介を頼む。たとえ所領を甲斐一国に削られようと、武田家が生き残る道はそれしかない。そう申し上げました」

ところが勝頼には決断する度胸がなく、重臣たちは家康に内通しているからそんなことを言うといきり立つ始末である。

そして何も決められないまま日数だけが過ぎ、こんなことになってしまった。

「勝頼公は決して暗愚なお方ではありません。徳川どのを敵にしたのが、不運だったということでしょう」

梅雪は仕方なげにつぶやいて四杯目の盃を飲み干した。

第六章

信長最後の旅

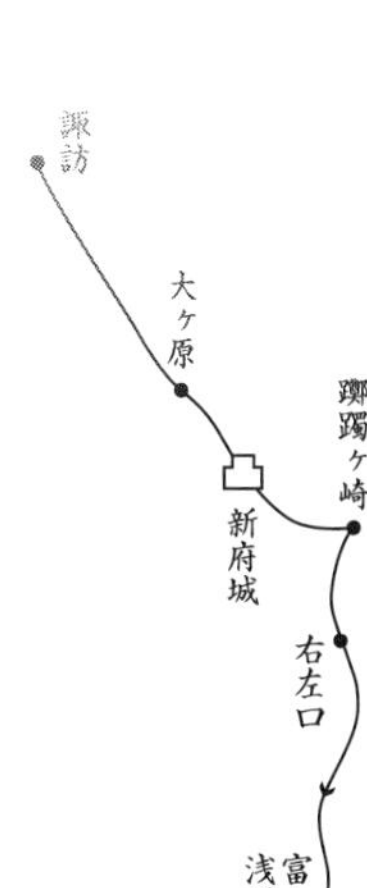

信長の富士遊覧ルート

三月十一日は雨になった。

鉛色の雲がたれこめ、春とは思えない冷たい雨がすだれのように降り落ちてくる。浅間山の噴火から一月ちかくたつのに、甲斐の空には高く噴き上げた火山灰が浮遊し、日の光をさえぎっている。

例年になく気温が低いのはそのためだった。

駿河から富士川ぞいに甲斐に向かった家康の一行は、この日の正午を過ぎた頃、笛吹川をこえて甲府に入った。

あたり一面、火山灰におおわれている。

噴火の時には七寸（約二十一センチ）ちかくも積もったというが、何度かの雨によって押し固められ、灰色の粘土になって地表に固くこびりついていた。

普通なら桃が満開の季節で、豊かな薄桃色の花をつけた木をあちこちで見ることができる。山は新緑におおわれ、そろそろ桜も咲き始める頃である。

ところがぶ厚く降り積もった火山灰は木々にまで降り積もり、どこもかしこも重苦しい景色にぬり替えている。

甲府は四方を山に囲まれた盆地だけに、その光景はまるで地獄のようだった。

（これが穢土だ）

家康は馬を進めながらそう思った。

地上が汚され、人々が死に絶え、硫黄と糞尿が混じったような悪臭がただよっている。

そしてこの領国を誤った方向に導いた武田勝頼は、わずかな近臣とともに天目山に逃れ、今や滅亡の時を迎えようとしているのだった。

「この山焼け（噴火）は、名門武田家が亡びることを天が告げていたのかもしれませぬな」

側で馬を進める酒井忠次がつぶやいた。

「そうかもしれぬ。こんな災難にみまわれれば、誰もが我が身を守ることに必死になる。主家のことなど構っていられぬと思うのは無理もあるまい」

「勝頼どのは小山田信茂を頼って岩殿城（大月市）に逃れようとなされたそうでござる。ところが小山田に裏切られて、行く当てもなくなったと聞き申した」

「信濃や甲斐の重臣たちが、どうして雪崩を打って武田家を見限ったのか腑に落ちなかったが、この景色を見れば納得できる」

「それは、あの御仁も同じでございましょう」

忠次が後方で馬を進める穴山梅雪をちらりと振り返った。

惨状は甲府の城下も同じだった。

家も田畑も火山灰の粘土におおいつくされている。田畑で働く者の姿が見えないのは、作物が立ち腐れて手のほどこしようがないからだった。

家康は織田信忠が本陣としている寺を訪ね、参陣の挨拶と戦勝の祝いをのべることにした。

梅雪を信忠に引き合わせ、降参の報告をする必要もあった。

甲斐でも名高い古刹のまわりでは、五百人ちかい将兵が雨に濡れながら警固に当たっていた。

門前にはきらびやかな鞍をつけた馬が十数頭並び、雑兵たちが馬の口を取っている。信忠に挨拶に来た者たちが、対面の順番を待っているようだった。

家康は忠次と梅雪を従え、係の者に到着を告げてから本堂に上がった。

案の定、二十人ちかくが鎧に烏帽子という姿で対面を待っている。

これではかなり待たなければなるまいと覚悟して列に並んだが、四半刻（約三十

分）もしないうちに、

「徳川三河守どの、こちらへ」

近習が奥の対面所に案内してくれた。

信忠は大紋に烏帽子という姿で、床の間を背にして座っていた。

歳は二十八。信長に似た端整な顔立ちだが、父親よりは性格がおだやかで、重臣たちからも慕われている。

ところが何か不快なことがあったらしく、怒りを嚙み殺したような、いつになく険しい表情をしていた。

「見事な勝ち戦、おめでとうございます。早々に目通りをお許しいただき、かたじけのうございます」

家康は以前に何度か信忠と会ったことがある。

器量の大きな若者だとは思っていたが、今や織田家の後継ぎとして堂々たる風格をそなえていた。

「三河守どのは、父上が右腕と頼んでいるお方です。優先するのは当たり前です」

信忠はそつのないことを言い、そちらのお方が梅雪どのですかとたずねた。

「さようでございます。梅雪どのが身方してくだされたお陰で、早々と駿河を平定することができました」

「穴山梅雪と申します。このたびは降参のお許しをいただき、まことにかたじけのうございました」

梅雪が僧形の頭を深々と下げた。

「ちょうど良い。方々に披露したいものがございます」

信忠は渡り廊下を歩き、寺の北側の離れに案内した。

土間と板の間がある部屋に、たった今戦場から来たとおぼしき十人がたむろしていた。

板の間に三人、土間に七人。身分によって分かれている。だが信忠が入った途端に、三人とも転げ落ちるように土間に下りて平伏した。

板の間には黒塗りの桶だけが残されている。それが首桶だとは、戦場を往来する者ならすぐに分かるしつらえだった。

「滝川一益の家来衆でございます。今朝方、武田勝頼を天目山のふもとの田野で討ち取り、先程首を持参いたしました」

信忠は家康らを板の間に座らせ、一行の大将格らしい筋兜をかぶった武者に、もう一度首を披露するように命じた。

「うけたまわってござる。それがしは滝川左近将監が家来、篠岡平右衛門と申しまする」

平右衛門は首桶を土間に下ろし、片膝をついてうやうやしくふたを開けた。

中には塩漬けにした首が入っている。

右手で髻をつかみ、蕪でも抜くようにずぼりと引き出すと、左手をあごに当てて作法通りに顔を正面に向けた。

目鼻立ちのととのった高貴な顔立ちである。

だが額にも頬にも刀傷があり、それを首実検にそなえて無雑作に縫い合わせているので、無残な引きつれとなっている。

左目を鉄砲で撃ち抜かれたのが致命傷のようで、眼窩が大きな穴となって開いていた。

「よほど激しく戦われたようじゃな」

家康はそうたずねた。

「槍の名手とうたわれたお方ゆえ、流星と号した朱槍を縦横にふるい、十八人まで討ち取られ申した。皆が怖気づいて遠巻きにする中で、それがしの手勢ばかりが組みつき抱きつき、最後は鉄砲の一撃で仕止めたのでござる」

「さようか。さすがは勝頼どの、立派な最期であられましたな」

家康は首に向かってはなむけの言葉を送った。

伜の信康と妻の瀬名を死に追いやった憎むべき仇だが、無残な姿を見れば憐憫の情しか湧いてこなかった。

「男の勝負を受ければ良かったのでござる。さすれば……」

こんな不様なことにはならなかったと、忠次がしんみりとつぶやいた。

梅雪は無言のまま、膝頭を握りしめて泣き声を噛み殺していた。

「平右衛門、方々に武田の最期の様子をお聞かせいたせ」

信忠がちらりと梅雪を見やって命じた。

先ほどから険しい顔をしているのは、勝頼への同情が、家臣たちの裏切りへの憤りになっているからだった。

「武田勢は田野という所にある平屋敷に柵をもうけ、百人ばかりで立て籠もっておりました。ところが、我らに取り囲まれ、逃れ難いと観念したのでございましょう。女房衆を刺し殺し、一手になって斬って出て、全員討死したのでござる」

そのうち侍分は四十一人、殺された女房衆は五十人だったと、平右衛門が冷酷に告げた。

それを聞くと、梅雪は悲しみを抑えきれなくなったらしい。歯を食い縛り肩を震わせ、顔を真っ赤にして嗚咽をもらし始めた。

「ほう。裏切った身でも、昔の主の最期を聞けば涙が流れるものですか」

信忠は皮肉な笑みさえ浮かべていた。

「勝頼公は主君であったばかりか、従弟で義弟にあたるお方でございます。それに田野で亡くなられた方々の中にも、顔見知りは大勢おりますので」

「そのように未練があられるなら、主家への忠義を貫けばよかったのではありませんか。貴殿といい小山田信茂といい、武田家には裏切り者が多すぎる」

「それは詮方ないことでござる」

梅雪は悲しみをふり払い、真顔になって信忠に向き直った。

「在地の領主は、家と所領を守り抜かねばなりませぬ。たとえどれほど忠義を貫きたくとも、主家に器量がなければ、家臣や領民がそうすることを許さぬのでござる」

「その時々で、強い者になびくということですか」

「当家はもともと今川家に属しておりました。されど武田家の威に押され、父信友の代に服属いたしました。それがしはこのたび、徳川どのに助けられて穴山家と領民を守ろうとしております」

「舌先三寸とはよく言ったものですね。臆面もなくぺらぺらと」

信忠が怒りに青ざめ、信長に似た狂暴な顔付きになった。

「信忠どの、梅雪どののご英断のお陰で、半年早く武田を討伐することができました。その功をお考え下され」

家康は危ないと見て間に入った。

「ご英断……、ですか」

信忠は大きく息を吐いて平常心を取りもどし、近臣二名を呼んで勝頼の首を信長の陣所にとどけるように命じた。

一行が信長と行き合ったのは三月十四日、下伊那郡浪合村（長野県阿智村）でのことである。信長はここで勝頼と嫡男信勝(ちゃくなんのぶかつ)の首実検をした後、翌日飯田(いいだ)まで進んで父子の首をさらした。

三月十九日、信長は上諏訪(かみすわ)の法華寺(ほっけじ)に入った。

諏訪大社上社のすぐ側にある臨済宗(りんざいしゅう)の古刹である。

信濃に攻め入った信忠は、武田氏が崇敬(すうけい)していた諏訪大社を焼き討ちしたが、法華寺は無傷のまま残していた。

信長はこの日から四月二日までこの寺に本陣をおき、武田氏滅亡後の甲斐、信濃両国の支配を定め、諸将の論功行賞をおこなった。

それは信忠と距離をおくためばかりでなく、浅間山の噴火で大きな被害を受けた甲斐に入ることをはばかったからだった。

信長が法華寺に着いたその日に、家康は忠次を従えて戦勝祝いに駆けつけた。長行軍の労をねぎらうために、金二千両（約一億六千万円）を持参していた。

信長は寺の本堂を安土(あづち)城の居間のように作り替え、小袖に裁着袴(たつつけばかま)という軽装で上段の間に座っていた。

左右には近習の森蘭丸(らんまる)と矢部善七郎(やべぜんしちろう)が控えていた。

「安土よりのご下向、さぞお疲れになったことでございましょう」

型通りの挨拶をして機嫌をうかがったが、信長は少しも疲れていなかった。

「我らの若い頃には、武田信玄といえば雲の上の存在だった。日の本一、いや三国一の名将ともてはやされたものじゃ」

信長は膝においた右手の人差し指を小刻みに動かしている。

機嫌がいい証拠だった。

「それゆえ余が尾張の平定に手間取っていた頃は、しきりに信玄に取り入って敵対しないように努めてきた。それがどうじゃ。わずか三十年にして、信玄が築き上げた領国は我が物となった」

「おめでとうございます。これも上様のご精進の賜物と存じます」

「昔は武田の力が強く、木曽谷にさえ入れなかったが、見るがよい。今こうして諏訪に陣取っておるではないか」

信長は余程嬉しいらしく、甲高い声を上げてひとしきり笑った。

「これも家康、そちが東の守りをしっかりと固めてくれたお陰じゃ」

「もったいない。それがしはただ、上様の後を懸命について参っただけでございます」

「謙遜（けんそん）は無用じゃ。天下広しといえども、信玄と正面から戦った武将は、上杉謙信（うえすぎけんしん）とそちしかおらぬ。設楽ヶ原（したらがはら）でも武田勢を壊滅させる働きをした。天下無双の名将とは、そちのことじゃ」

「ならばお言葉に甘えて、お聞き届けいただきたいことがございます」

「ほう、申すがよい」

「このたびは穴山梅雪どのが身方して下されたお陰で、いち早く駿河を平定することができました。それゆえ」

目通りを許し、所領の安堵（あんど）をしていただきたいと、家康は信長の機嫌のいいうちに言いにくいことを切り出した。

「構わぬ。明日、木曽義昌（きそよしまさ）が来ることになっておったな」

信長は蘭丸に確認し、それが済んだ後に連れて来るがよいと言った。

「かたじけのうございます。そのようにさせていただきます」

「東国もすでに余の分国となった。それを天下に知らしめるために、富士遊覧をしたい」

「遊覧……、でございますか」

「そうじゃ。富嶽を愛でながら甲斐から南に下り、そちの領国を通って安土にもどる。道中、よろしく頼む」

「ははっ、有り難き幸せ」

家康は平伏して承知したが、これは大変なことだった。

信長の一行が通るとなれば、宿所の手配から沿道の警固まで総力を上げて取り組まなければならない。

しかも信長がいつ上諏訪を発つかも分からないのである。

家康は法華寺を出ると、笛吹川の南の市川の陣所に忠次を走らせ、重臣たちにこのことを伝えるように命じた。

「これは戦じゃ。信長公の馬前で戦うつもりで仕事にかかれと伝えよ」

「上様はそちの領国を通ってとおおせでした。さすれば駿河を当家に下さるということでしょうな」

「そうかもしれぬが、今はそちの胸に仕舞っておいてくれ」

忠次はその足で市川にもどって事の次第を伝え、この日から徳川家は家中総出の対応に追われることになった。

何しろ東国平定を天下に告げるための富士遊覧である。

これは源頼朝の富士の巻き狩り、足利義満、義教の富士遊覧に匹敵する行事で、その先には征夷大将軍となって幕府を開くという目標がある。

信長の宿所の手配や、供の将兵の陣小屋の作事、道路の普請や船橋の設置、警備態勢の確立など、やらなければならないことは山ほどある。

しかも少しでも信長の機嫌を損じたなら、どんな無理難題を突き付けられるか分からなかった。

翌日、穴山梅雪を信長のもとに案内した。

梅雪は降伏を許してもらったお礼に、信州産の名馬を献上し、信長は引出物として脇差を与えた。鞘に梨地蒔絵をほどこし、鍔や柄頭、鞘尻などの金具を鍍金した名品である。

信長は前日と同様に上機嫌で、その脇差をつけてみよと命じた。意外な注文に梅雪が恐る恐る腰にさすと、今度は立って歩いてみよと言う。

そして脇差がよく似合っていることを確かめると、下鞘（鞘をおおう袋）と火打ち袋（火打石などを入れる袋）をつけてやると言ってその場で与えた。

こうした人なつこさは、信長の愛すべき美質のひとつだった。

「いやはや、御前を歩けと言われた時には、三途の川を渡る心地でござった」

信長に慣れていない梅雪は、いつ怒りの雷鳴がとどろくか気が気ではなかったという。

「あれで案外、上様は茶目っ気があられるのでござる」

それは幼い頃から信長を知っている家康だからこそ分かることだった。

家康は三月二十三日に市川の陣所までもどり、信長接待の指揮を取ることにしたが、翌日には酷い知らせが飛び込んできた。

降伏を乞いに甲府にやって来た小山田信茂を、信忠が斬り捨てたのである。

武田勝頼を裏切った信茂に対して、信忠は終始冷たい態度を取っていたが、何かの言葉に激怒して自ら刀を取って討ち果たしたという。

（長の在陣で、気が立っておられるのだ）

家康にも覚えがある。三万もの大軍をひきいて敵の国に攻め入っているのだから、心が安まる暇がない。しかも瞬時に判断しなければならないことが次々に飛び込んでくる。

そうした緊張にさらされているうちに、感情の歯止めが利かなくなるのである。

しかも信忠は、信長の名代という重責をになっている。怒りに感情が高ぶった時に、信長のもっとも苛烈な振る舞いに倣おうとするのは無理もないことだった。

（それを諫められる者が、いれば良いのだが）

家康はそう思い、自分には忠次や元忠のような家臣がいてくれて良かったと、改めて気付いたのだった。

三月二十八日、家康は五百の馬廻り衆とともに再び上諏訪に向かった。

二十九日に待望の知行割り、論功行賞がおこなわれることになったのである。

「殿、吉報をお待ち申しておりますぞ」

忠次はじめ重臣たちに見送られ、船橋をかけた笛吹川を渡った。

この日は朝から異常なばかりの寒さで、鎧の金具が氷のように冷たかった。雨もしとしと降って、火山灰の泥土におおわれた大地を濡らしていく。

浅間山の噴火で家を失い、満足な食べ物も得られずに露命をつないでいた者たちは、寒さに耐えきれずに次々と死んでいった。

道沿いには物乞いの者たちが列をなしている。

菰や藁束にくるまり、かろうじて命をつないでいる者もいるし、飢えと寒さに耐えきれずに折り重なって死んでいる家族もいる。

中でも痛ましいのは、乳呑み児を抱えたまま事切れた母親たちだった。

(これが穢土だ)

家康の胸は怒りと悲しみにえぐられた。

これまで登誉上人の教えに従い、この世を浄土に変えるために戦いつづけてきた。

その甲斐あって三河と遠江の治政は順調で、家臣も領民も日々の暮らしに困ることはなくなっている。

合戦でも勝ちを重ね、今度の行賞では駿河一国を与えられることになるだろう。

だが隣国では武田が亡び、民衆は塗炭の苦しみにあえいでいる。徳川家の勝利と繁栄の陰には、武田の没落と甲斐、信濃の領民の犠牲があるのだった。

(はたしてこれで、浄土をめざしてきたと言えるだろうか)

目の前の惨状が、家康に鋭い問いを突き付けた。

いや、そうではない。本当の浄土とは戦のない世、誰もが安心して暮らせる世の中で、誰かの犠牲の上に繁栄を謳歌することではないはずである。

そのためには今までのやり方では駄目だ。

何かもっと根本的にちがう方策を確立し、領民を力で支配するのではなく道理で動かすようにしなければならない。

家康は背中を焼かれるような焦燥を覚えながらそう思ったが、どうすればそんな世の中が作れるのか見当もつかなかった。

上諏訪の法華寺に着くと、門前に大きな高札がかかげてあった。

「上様は諏訪から富士山を見物しながら、駿河、遠江を廻ってご帰洛なされる。それゆえ諸将はこれより配下の将兵を国に帰し、主立った者ばかりで供をするように」

何とも大胆きわまりない命令である。

これでは信長の手勢は三千にも満たなくなり、いまだ混乱がおさまらない駿河を、家康の警固だけで進むことになるのである。

「かたじけないことでござる。これほどの果報がありましょうか」

近習の松平康忠が声を詰まらせた。

家康を全面的に信頼し、命を預けると言うも同然の措置なのだから、安土との交渉に腐心してきた康忠が感激するのは無理もなかった。

「それだけではあるまい。警固などいらぬ時代が来たと、上様は自らの行動で示そうとしておられるのだ」

家康も深く感動していた。

道々考えてきたことの解決策を、信長がいち早く示している気がした。

国割りと論功行賞の発表は、法華寺の本堂で行われた。

上段には信長が座り、武田征伐に従った諸大名が下座に居並んでいた。

明智光秀、丹羽長秀、高山右近、堀秀政、蒲生氏郷など、信長配下の有力者たちが一堂に顔をそろえている。

家康も穴山梅雪を従えて、前方の一角に席を占めていた。

大名、武将たちと信長の間には、前関白近衛前久が色鮮やかな水干を着て悠然と座っていた。

この年二月に太政大臣に就任したばかりで、陣参した公家たちを従えている。ひきいる兵はわずか三百ばかりだが、前久の同行は信長にとってその百倍、千倍の値打ちがあった。

朝廷の最高位にあり、五摂家筆頭の前久が同行すれば、甲州征伐が天皇の命令によるものだと主張することができるからだ。

これは天下に通じる大義名分であるばかりか、甲州征伐を成功させたなら朝廷から褒美をもらう権利まで得られるのだった。

「これよりご知行割りを申し伝えます」

森蘭丸が大きな書状をかざして読み上げた。

「甲斐国、河尻与兵衛に下す。ただし、穴山梅雪の本知分はこれを除く。駿河国、徳川三河守に下す」

それを聞くと、家康は大きくひとつ息を吐いた。

もらえるだろうと思っていたが、実際に読み上げられると喜びがじわりとわき上がってきた。

「上野国、滝川一益に下す。信濃国のうち高井、水内、更科、埴科の四郡、森長可に下す。木曽義昌には本知分に加えて安曇、筑摩の二郡を下す」

蘭丸が読み上げる声を、誰もが息を殺して聞いていた。

こうして所領を与えられるのは、自分の領地が広がることとは少し意味がちがう。信長の代官として領地を預けられるだけで、赴任地で失策があったならすぐに交代させられる。

それゆえ治めやすい土地が与えられるかどうかに、この先の運命がかかっているのだった。

「つづいて甲斐、信濃の国掟を申し伝えます」

矢部善七郎が国掟を記した書状を全員に配ってから読み上げた。

「一、関役所、同駒口、取るべからざるの事。

一、百姓前、本年貢の外、非分の儀、申し懸くべからざる事」

全十一条からなる国掟は、新しい国を築こうとする信長の理想と理念がぎっしりと詰まったものだった。

第一条は関所で税を取ることを禁じたものだ。

従来は関所を通る人ばかりでなく、馬や荷物にまで税をかけていたが、これを全廃するのである。

第二条は領民には定められた年貢以外に負担をかけてはならないと命じたものだ。「非分の儀」、道理に合わない年貢を要求してはならないという言葉に、合理性を追求した信長の姿勢が表れている。

以下九条の条文の中で、興味深いのは第六条である。

「一、第一欲を構うに付いて、諸人不足をなすの条、内儀相続においては、皆々に支配せしめ、人数を拘（かか）うべき事」

これは新しく領主となる者への戒（いまし）めである。

現代語に訳すれば、およそ次のようになる。

「領主となった者が、領地は自分のものだと思って欲を出し、富を独占しようとするから、家臣、領民が貧しくなり生活に困るようになるのである。新しい領地を引き継いだなら、多くの者に分け与えて支配できるように、家臣を多く採用しなければならない」

これは富の再分配と雇用の安定をめざしたもので、現代でも充分に通用する政策である。

そして条文の最後は、「右定の外、悪しき扱いにおいては、罷り上り、直に訴訟申し上ぐべく候なり」という言葉で結んでいる。

家臣、領民に向けて、「領主が理不尽なことをしたなら、直接信長に訴え出ても構わない」と呼びかけたものだ。

その結果、領主に不正があったと確認されたなら、容赦なく処罰されるのだから、信長の目標のひとつが法治主義の徹底にあったことは明らかである。

これまで大名家で家臣、領民が従うべき掟を定めた例はいくつかある。分国法と呼ばれるもので、武田信玄が出した「甲州法度次第」や朝倉孝景が制定した「朝倉孝景条々」がよく知られている。

信長はこれを全国におよぼし、公正で公平な法治国家を築こうとした。

その際に中心的な役割をはたすのは信長が定めた掟（法律）であり、掟を執行する有能な家臣（官僚）だった。

信長がかかげた「天下布武」の意味はここにあり、それを実現するために天下統一を急がなければならなかった。

そしてそれは、戦乱の世に苦しんできた多くの家臣、領民の願いでもあったのである。

矢部善七郎が国掟を読み終えると、信長が珍しく訓示を垂れた。

「余が織田家の家督を継いだ頃は、国は乱れ家中の規律もゆるみ、領民は圧政に苦しんでいた。これをどう改め、誰もが安心して暮らせる世の中をどのようにして築くか。その答えを求めて戦いつづけた三十数年であった」

改めるべき点は二つだったと、信長は右手の人差し指で小刻みに膝を叩きながら語った。

ひとつは政治、ひとつは経済である。

「政は乱れきっていた。幕府も守護大名も名ばかりで、公儀の役目をはたす力を失っていた。才覚のある者が勝手に領地を治め、領民を武力でねじ伏せて年貢を取り立てていた。実に見苦しい、欲をむき出しにした畜生の世であった」

これを放置することは、信長の美学が許さない。そこで自分の望む通りの世の中に作り変えてやろう。そう思ったという。

信長の父信秀は、津島と熱田の港を拠点に伊勢湾海運を掌握し、莫大な経済力を持っていた。

尾張下四郡の守護代家に仕える奉行でありながら、尾張一国の軍勢をひきいて美濃の斎藤や駿河の今川と戦うことができたのは、そうした経済力があったからだ。

信長はそれを受け継ぎ、軍事力を強化することで所領を拡大し、拡大した所領を商業、流通圏に組み込むことでさらなる経済力の強化をはかってきた。

そうして新たな理想、理念にもとづいた治政を行うことで、家臣や領民の支持を得たのである。

「このやり方を天下に押し広げていくにはどうすれば良いか。余は岐阜に移った頃から考えつづけてきた。そして十四年前、足利義昭を奉じて上洛し、将軍職につけてやった。幕府を再興し、余の方針に従った治政を行わせることで、新しい世を築くことができると思ったからだ」

だがこの目論みは失敗に終わった。

義昭は初めのうちこそ信長の方針に従っていたが、将軍としての内実をそなえてくると、守護大名ばかりか朝廷や寺社とも接触するようになり、彼らの要望を容れて旧来の幕府の制度を復活しようとした。

両者の最大のちがいは、信長が幕府を中心とした一元的な支配体制を築こうとしていたのに対し、室町幕府の方針は幕府、朝廷、寺社の三権分立だったことだ。幕府や守護大名が支配するのは原則として土地と農民だけで、商業、流通業、手工業などは寺社や公家が市や座の本所となって掌握していた。

そうした領域には守護不入の特権が与えられ、幕府は介入できなかった。

義昭はこうした制度を守ろうとしたが、信長は昂然とこれを否定し、比叡山延暦寺を焼き打ちして壊滅させ、十年余りの戦争に勝って大坂本願寺を降伏させたのだった。

「余は仏法や神道を否定しているのではない。ただ延暦寺が旧来の権威を楯に琵琶湖の水運を支配したり、本願寺が一向一揆の寺内町を作って守護不入の特権を維持しようとするのを許さなかっただけだ。しかし義昭のたわけはそれが分からず、本願寺と結びついて余に楯突きおった」

そこで信長は義昭を追放し、幕府に替わる全国支配の名分を朝廷に求めることにしたが、朝廷は旧態依然としていて前例踏襲と家格、家柄にばかりこだわった。

これでは埒が明かぬと見た信長は四年前、右大臣も右近衛大将も辞任し、独自の道を模索してきたのだった。

「朝廷という鵺は寺社にも幕府にも手を伸ばし、保身と権益の確保をはかってきた。門跡寺院の制度や将軍家との縁組がいい例じゃ。のう近衛」

「この国の安定のために、それが必要だったからでございます」

名指しされた近衛前久は、ひるむことなく言い返した。

「確かに昔はそうだったかもしれぬ。だが天下布武が成り、余が将軍となって幕府を開くからには、そうした制度は根本的に改める」

「関白でも太政大臣でもなく、将軍になられますか」

「当たり前じゃ。余が将軍になれば、備後の義昭はおのずと地位を失う。義昭を奉じている毛利輝元や輝元に同心している輩も大義名分を失うことになる」

そうなれば義昭が築いた鞆幕府は一挙に崩壊し、西国大名たちも信長の軍門に下らざるを得なくなるのだった。

「承知いたしました。それでは帰洛次第、将軍宣下の勅許を得られるようにいたしましょう」

「例のことも忘れるな。天智、天武の時代までさかのぼり、どんな法令によってどのような政が行われていたか、詳細に調べておけ」

「お任せ下され。朝廷の図書寮には、その頃の記録も残されておりますので」

前久は念押しには及ばぬと言いたげだった。

「者共、富士遊覧は東国平定が成ったことを天下に示し、征夷大将軍の内実をそなえたことを知らしめるためじゃ。励むがよい」


四月二日、信長は降りしきる雨の中を諏訪から大ヶ原（山梨県北杜市白州町台ヶ原）に移った。

この陣所に北条氏政の使者が訪ね、追鳥狩りの獲物である雉を五百羽以上も献上した。

四月三日、大ヶ原を出て甲府に向かっていると、尾根の向こうに雪におおわれた富士山が見えた。

信長ははっと馬を止め、近習の蘭丸を呼んで富士山に間違いないかどうか確かめた。

「さようか。聞きしに勝る見事さじゃ」

そうつぶやくと、富士山と対峙するように遠い目をしてしばらくながめていた。

その後、武田勝頼が立て籠もろうとした新府城の跡を見物し、甲府の躑躅ヶ崎の館に入った。

武田勢が自焼していった館の跡には、信忠が仮の御殿を構えて信長を迎えた。

「信忠、ようした。織田家の後継ぎにふさわしい働きじゃ」

信長に誉められ、信忠は一瞬身をすくめて平伏した。

その嬉しさが信忠を暴走させたのかもしれない。

武田家の菩提寺である恵林寺に残党が逃げ込んでいると聞いた信忠は、四人の奉行衆を急行させて関係者を処罰することにした。

四人は寺の老若百五十余人を山門に上げ、山門の下に干し草を積んで火をつけた。

寺の者たちは生きたまま焼き殺されたが、その中に正親町天皇から国師号を授けられた快川和尚がいた。

これは信長が命じたことではないが、寺が従来持っていた守護不入権を否定する信長の強硬な姿勢が、信忠にこうした行動を取らせたのだった。

家康は信長に同行し、こうした事件を逐一耳にしていたが、頭の中は道中の普請や警備のことで一杯だった。

できれば自分で現地に出向いて指揮をとりたかったが、信長の側を離れることができないので、酒井忠次らの働きに任せるしかなかった。

（みんな、頼むぞ。頑張ってくれ）

祈る思いで出発の日を待っていた。

信長の出発は四月十日だった。

甲府の館を発つと笛吹川にかけられた船橋を渡り、甲府と駿河を結ぶ中道往還を南に向かった。

従来は人と馬が通れるほどの幅しかなかったが、忠次らは荷車が通れる幅に作り替え、道の左右に隙間なく警固の兵をおいていた。

この日、宿所とした右左口（甲府市右左口町）に、忠次らは信長のために立派な陣屋を用意していた。

まわりに二重、三重の柵をめぐらして警固を固めたばかりか、同行する将兵のために千軒あまりもの陣小屋を建てていた。

一日にして大きな宿場町が出現したような鮮やかな仕事ぶりで、家康は大いに面目をほどこしたのだった。

翌日は明け方に右左口を出て、女坂をのぼって精進湖の脇を通り、柏坂の峠で昼食をとった。

その夜は本栖（山梨県富士河口湖町）に泊まったが、陣屋の造りの見事さ、警固の厳重さは右左口とまったく同じだった。

「家康、殊勝じゃ。家来どもをよう仕付けておる」

信長は上機嫌で盃を回した。

「かたじけのうございます。そのお言葉を伝えれば、家臣たちが勇み立つことでございましょう」

翌四月十二日は真冬のような寒さだった。

それでも信長の一行は夜明け前に本栖を出て、富士の裾野を南に向かった。

富士山はすぐ側にどっしりとそびえている。

山頂は雪におおわれて白雲が浮かんでいるようだし、山裾に向かってなだらかに稜線がつづく様は、着物の裾を広げたように美しい。

しかもあたり一面広大な原野がつづき、頼朝が富士の巻き狩りをした時もかくやと思わせる。

その感動と喜びに、信長の小姓(こしょう)たちは気持ちを抑えきれなくなったらしい。

「上様、ご覧下され」

一人がそう叫んで馬を駆けさせ、富士の斜面を一直線に駆け登り、坂落としでもするようにもどってきた。

ひと息にどこまで駆け登れるか、それを競うのが面白く、我も我もと後につづく者が現れて、ひとしきり競(くら)べ馬でもするようなにぎやかさだった。

つづいて富士の人穴(ひとあな)を見物した。

噴火した時の溶岩流によってできた洞穴で、昔から富士山の女神である木花咲耶姫(このはなさくやひめ)が住んでいると言い伝えられている。

ここに建てた茶屋で昼食をとっていると、西山本門寺(にしやまほんもんじ)の住職が年若い僧を連れて挨拶に来た。

「このたびの大勝利、まことにおめでとうございます」

祝いの酒樽(さかだる)と真新しい足袋(たび)十足を献上し、寺領のことはよろしくお取り計らい願いたいと申し出た。

　西山本門寺は武田家から手厚い保護を受けていたが、勝頼が滅亡したために新しい庇護者を求めたのである。

「この足袋は本因坊日海が、都から持参した名品でございます。お御足の休めになれば幸いでございます」

「本因坊？　もしや、そちは」

　信長は日海の顔を覚えていた。

「京都寂光寺の日秀上人の弟子でございます」

日海（後の本因坊算砂）が身をすくめて答えた。

「いつか日秀に連れられ、囲碁を打ちに来たな」

「その節はお世話になりました」

「何ゆえそちが、こんな所におるのじゃ」

「日蓮上人が修行なされた身延山は、この近くでございます。その地を訪ねるたびに、西山本門寺に寄宿させていただいております」

　寺に滞在していたところ、信長が富士遊覧をすると聞いたので住職とともに挨拶に出向いたという。

「そちの鮮やかな棋譜は覚えておる。余が上洛した折には、本能寺に遊びに来るがよい」

昼食を終えると、源頼朝が富士の巻き狩りの時に宿所とした上井出（富士宮市上井出）の丸山を訪ねた。

小高い山の頂に立てば、富士山と裾野の原野が一望でき、たとえようもない見事さだった。

近くには白糸の滝もあった。

溶岩が冷えて固まってできた高さ七丈（約二十一メートル）、幅七十丈の崖から、何十本もの水が糸を引くように流れ落ちている。

あたりを新緑に包まれた滝の姿は、女神の住まいにふさわしい雅やかさだった。

「家康、歌を詠めるか」

信長がふいにたずねた。

「いえ、無調法ゆえ」

「余も詠めぬ。こんな妙なる景色を見れば、そのことが悔やまれてならぬ」

「その昔、頼朝公が詠まれたという歌は伝わっておりまする」

家康は今川館に人質になっていた頃に教わった歌を披露した。

　この上にいかなる姫やおはすらん
　　おだまき流す白糸の滝

「ほう、さようか」

信長は姫の姿をさがすように、しばらく滝の上をながめていた。

この夜の宿所は大宮だった。富士山本宮浅間大社がある場所だが、社殿は駿河に攻め入った北条勢によって放火され、ことごとく焼失していた。

そこで家康は境内に信長のための宿所を造るように命じていたが、想像していたよりはるかに立派な出来栄えだった。

すべて板屋根とはいえ、軒先や柱に金銀の飾りをちりばめ、襖や畳も真新しいものを使い、屏風や書棚、掛け軸まで信長にふさわしいようにしつらえている。

しかも四方には諸将の陣所や将兵のための陣小屋を造り、まわりを柵で厳重におおって城構えにしている。短い間によくぞここまでやってくれたと、頭を下げずにはいられない仕事ぶりだった。

夕方、仮御殿の広間で酒宴を開いた。

明智光秀、筒井順慶、細川忠興、蒲生氏郷ら、畿内近国の所領を預かる大名たちが居並ぶ中、信長は家康の忠節ぶりと働きを誉めた。

「三河守は律儀者じゃ。余との約束を忠実にはたし、武田信玄の前に身を挺して立ちはだかった。長篠の戦いに勝ち、高天神城を攻め落として武田を滅亡に追い込んだことは、皆も知っての通りじゃ。当家には光秀、秀吉、勝家、長秀と世に聞こえた名将がいるが、三河守ほど余の心に適うた者はおらぬ」

その褒美として、藤四郎吉光の脇差、備前福岡一文字の長刀、黒駮の馬を贈った。いずれも信長が秘蔵してきた名品名馬だった。

酒宴もたけなわになった頃、信長がいきなり立ち上がった。

盃のやり取りをして話し込んでいた重臣たちは、何事が起こったのかと肝を冷やして口をつぐんだ。

「体が臭い。湯屋はあるか」

「ご用意しております。境内にわき出る富士のご神水を沸(わ)かしたものでございます」

家康が答えると、ならば供をせよと言う。

「それがしが、お供を」

「前にも一緒に入ったことがある。忘れたか」

信長に急(せ)き立てられ、家康は湯屋の供をした。

檜(ひのき)造りの真新しい湯屋は六畳ばかりの広さで、湯船も一間四方の大きさがあった。

信長は家康より二寸（約六センチ）ほど背が高く、すらりとした細身だが、全身がしなやかな筋肉におおわれている。

股間の陽物(ようぶつ)も相変わらず見事で、信長の生き様を象徴するように猛々(たけだけ)しく不敵な面構えをしていた。

「あれはそちの倅と五徳(ごとく)の婚礼の日であった」

信長は首まで湯につかり、心地好さげに大きな息を吐いた。

「さようでございます。わざわざ岡崎城までお越しいただき、かたじけのうございました」

「あの時に話したことを、覚えておるか」

「上様は足利義昭公を奉じて上洛するとおおせになりました。そして泉州堺や畿内近国の港を押さえ、貿易を独占すると」

「そうじゃ。そうすれば日ならずして畿内も東国も余の軍門に下る。その後に九州を押さえれば、天下を掌握することができる」

「そうして天下を尾張にするとおおせでございました」

「その通りになったであろう」

信長はざばりと湯から上がり、板張りにあぐらをかいた。

背中を流せという意味である。

家康は手桶に水を汲んで背中にかけた。

富士の山をくぐってきた水は、ちょうどいい冷たさだった。

「覚えておったな。余の好みを」

信長は満足そうにうなずき、そちと風呂に入ると験がいいと言った。

「あれから十五年で、余は天下を統一するところまでこぎつけた。この先十五年の命があれば、考えている通りの国を築くことができるであろう」

「お聞かせいただけますか。どのような国を築こうとなされているか」

「その前に、ひとつたずねたいことがある」

余を憎んでおるかと、信長は思いがけないほど卒直にたずねた。

信康と瀬名を死なせたことが、今も心にかかっていたのである。

「無念でございましたが、非は瀬名と信康にございました。それゆえ上様のせいだと思ったことはございません」

「さすがにそちは律儀者じゃ。事の本筋を見失うことがない」

「かたじけのうございます」

家康は信長の背中を洗って湯をかけた。

赤黒く引きつれたままの刀傷の跡が、信長が駆け抜けてきた人生の凄まじさを物語っていた。

「余は諏訪の法華寺で、将軍となり幕府を開くと言った。権限を一手に集め、公平で公正な制度を築くとも明言した。これについて、そちはどう思う」

「まことにご立派なお考えと存じます。ただ……」

家康は一瞬言いよどみ、それだけでは足りないことがあるのではないかと、意を決して問いかけた。

「ほう。何が足りぬ」

「それがしは登誉上人の教えに従い、厭離穢土、欣求浄土をめざして参りました。家中の法度を厳正、公平にし、年貢の負担もできるだけ軽くするように努めて参りました」

しかしそれだけでは、この世を浄土にすることはできないと感じている。

仏法で言う執着。人間の心の奥底に巣くう我欲や敵意を無くすか、さもなければ抑制する制度を確立しなければ、浄土にすることはできないのではないか。

「そのようなことを考えておりますので、上様のお話を聞かせていただきながら、このことが欠けているのではないかと思っていたのでございます」

「竹千代、このたわけが」

信長は久々に幼名で呼び、ふいに体を入れ替えた。

そうして家康を板張りに押しつけ、何やら楽しげに背中を流し始めた。

「もったいない。恐れ多いことでございます」

「良いのじゃ。そちは余が見込んだ通りの男に育ってくれた」

それゆえひとつ頼みがあると、信長は仏像でも磨くように家康の背中を手拭いでこすりつづけた。

「お市のことじゃ。あれには長政のことで辛い思いをさせた。前に岐阜でも頼んだが、嫁にしてやってくれぬか」

「お、お市さまを、嫁に……」

「さすれば余とそちは本当の兄弟になる。同じ志を持って天下を築いていくことができる。それに知らぬ仲ではあるまい」

「しかし、お市さまが承知なされましょうか」

長篠の戦いの後に岐阜城をたずねた時、家康は信長に命じられてお市の寝所に忍んでいった。ところがそれを察したお市は、侍女を身替りにして部屋を抜け出していたのである。

あれが合戦なら、家康は手もなく討ち取られていたところだった。

「お市のことは余に任せておけ。それより、そちが言ったいかにして人の執着を抑える制度を作るかという問題じゃ。法華寺ではあのように言ったが、あれが余の考えのすべてではない」

信長は肌寒くなったらしい。背中流しを切り上げて首まで湯につかった。

家康も湯の上に首を並べ、話を聞く姿勢をとった。

「百年もの間戦乱がつづいたのは、武士たちが己の土地を守り、あわよくば隣の土地を奪って所領を広げたいと欲したからじゃ。また戦によって手柄を立て、立身出世をとげたいという野心を持つ輩も大勢いた。言わば土地の私有と人の自由が、戦乱を拡大させてきた。これを改めなければ、戦のない世を築くことはできぬ。分かるか」

「理屈は分かりまするが、どうやってそれを実現するのでございましょうか」

家康には想像もつかない。

そんな風に考えてみたことなど一度もなかった。

「そちが分からぬなら、他の重臣たちに分かるはずがない。それゆえ法華寺ではあそこまでしか言わなかったが、実は方策があるのじゃ。この日本で、かつて行われた制度が」

「この国で、かつて行われた……」

「九百年ちかくも前に確立された律令（りつりょう）制度のことじゃ。大和（やまと）朝廷は唐（とう）から学んだこの制度を受け容れ、政の基本を律（刑罰）と令（行政法）においた。分かるか」

「上様が法度を厳正にし、公正、公平を実現しようとしておられるのは、その制度に倣ってのことでございますか」

「西洋では法治主義というらしい。だが律令制のすぐれたところはそれだけではない。すべての土地と領民は国のものだと定めたところだ。これを公地公民制という」

「なるほど。それなら土地の私有と人の自由を制限することができるかもしれませぬな」

「そうよ。すべてを朝廷のものとし、方針に背（そむ）く者があれば厳罰に処する。その制度の復活こそ、戦を終わらせ天下統一をはたす方法なのじゃ」

　信長にこうした思想や制度があることを教えたのは、教育係をつとめた沢彦宗恩（たくげんそうおん）だったという。

　信長は初め、「たわけが、そんな夢のような話があるか」と一蹴していたが、周辺の大名と熾烈な戦いをくり返すようになって、沢彦の教えに理があると思うようになった。

足利義昭を奉じて上洛をはたした後は、幕府を再興することで天下統一と国力の充実をはかった。

ところが幕府のやり方ではポルトガルやスペインに対抗できる国は作れないと思い知らされ、ますます沢彦の教えに傾倒していった。

そこで近衛前久に古の制度を調べさせ、律令制を今の世で実現するにはどうすればいいか、堀久太郎秀政や蒲生忠三郎氏郷ら側近の俊英たちに研究させた。

そしてまず取りかかるべきは、朝廷や寺社領を没収して、武家による一国平均の知行を実現することだと決意した。

信長が比叡山延暦寺や大坂本願寺、高野山など守護不入の特権を持つ勢力と徹底的に戦ったのはそのためである。

次に土地と領民を正確に把握し、土地を公平に分配して税を適正に徴収する態勢を作らなければならなかった。

信長はその実現のために、天正八年（一五八〇）から検地や国絵図（土地台帳）

の作製を推し進めてきた。

検地をして所領の石高を正確に把握し、それを国絵図に記載しておけば、行政効率を格段に上げることができる。

年貢徴収の基準が定まるし、新任の領主でも容易に管理できるようになるのだから、公地制に移行するためには避けて通れない道だった。

また戦を終わらせるためには、公私の区別を厳重にし、公だけが武力を保持できるようにしなければならない。そこで私的な城を破壊（城割り）したり刀狩りを行って、領民から武器を取り上げることにした。

こうして公人と私人、武士と領民を分けることは、領主や領民の反乱を防ぐだけでなく、身分を確定して公民制へ移行するためにも必要だった。

「こうして国をひとつにし、余の采配のもとで一糸乱れぬ政策を実行すれば、この日本を豊かで強い国にすることができる。スペインやポルトガルの脅威をはね返すことも、奴らと肩を並べる国にすることもできよう」

信長は情熱に背中を押されたように一気に語り、両手で湯をすくって顔を洗った。

湯屋には湯気が立ちこめている。

すぐ側にいるのに、信長の顔の輪郭がぼやけて見えるほどだった。

「ポルトガルがスペインに併合されたことは知っておるか」

「あのポルトガルが、戦に負けたのでございますか」

「そうじゃ。スペインはポルトガルの王家を支配下に組み込んだばかりか、無敵艦隊という強力な水軍を駆使して植民地を奪い、太陽の沈まぬ帝国と呼ばれるようになった」

家康も地球が丸いことは学んでいる。

地球上のいたる所に分散している植民地を合わせれば、確かに太陽が沈まない帝国になるのだった。

「そのスペインと日本の仲立ちをするために、イエズス会のアレッサンドロ・ヴァリニャーノがやって来た。そこで余は馬揃えを行って力のほどを見せつけ、安土でヴァリニャーノとの交渉に臨んだ。その時、奴が何を求めてきたと思う」

「さあ、それがしなどには」

想像もつかないことだった。

「スペインは明国を征服する方針である。ところが港は征圧できても、内陸にまで侵攻する兵力は持っていない。そこで日本から十万の兵を出せというのだ。明国を征服した後には、恩賞として黄河（こうが）より北を日本に与えると」

「それを、お受けになったのでございますか」

「受けるはずがあるまい。大事な将兵を他国のために犠牲にしてはならぬ。それに日本にどれくらいの民が住んでおるか知っておるか」

「存じませぬ。そんなことが分かるのでございますか」

「検地を終えたところはすでに分かっておる。それ以外の国には使いを出して、おおまかなところを調べさせた」

　それを合計すると、およそ八百万から一千万人ほどだという。

　スペインから明国の半分をもらっても、これだけの人口では治めきれないのは明らかだった。

「それゆえ断り、イエズス会ともスペインとも手切れすることにした。奴らのことじゃ。西国の大名に銭や武器を与えて身方にし、余を亡ぼしにかかるであろう。毛利、大友（おおとも）、島津（しまづ）、そうした大名ばかりか、織田家の重臣の中にも奴らに通じる輩が出るかもしれぬ」

信長が危惧しているのは、高山右近、蒲生氏郷、黒田官兵衛などのキリシタン大名たちである。

彼らは入信する時、洗礼をさずけてくれた先達（これを洗礼親と呼ぶ）には絶対に服従すると誓っている。

その大元は宣教師たちなのだから、信長よりイエズス会の指示に従う恐れがあった。

「この上は一刻も早く天下統一を成し遂げ、イエズス会にもスペインにも付け入る隙を与えぬようにしなければならぬ。ところがひとつ、厄介な問題があるのじゃ」

「朝廷のことでございましょうか」

こちらは家康にも想像がついた。

「そうじゃ。律令制度では帝の絶対的な力のもと、冠位十二階で定められた官吏たちが統治にあたった。ところが今の帝や朝廷にそのような力はない。力のない者を上に荷げば、義昭のたわけを荷いだ時の二の舞いになる。ならばどうすればよい」

「上様が絶対的な力を得て、国の指揮をとられるべきと存じます」

「その通りじゃ。帝と将軍の上位に立ち、朝廷と武家の両権を支配する存在にならなければならぬ」

そのために誠仁親王の皇子である五の宮を猶子にし、やがて皇位につけようとしている。そうなれば信長は天皇の父、太上天皇となり、朝廷を動かすことができるようになる。

また、ひとまず将軍となって幕府を開き、数年の後に位を信忠に譲って大御所になれば、幕府を意のままにできるのである。

「朝廷と武家の上に立つにはこれしかあるまい。そこで近衛に、早々に誠仁親王へのご譲位をはからうように申し付けておる。そして機を見て、五の宮を位につけるのだ」

「おおせの通りと存じますが、ひとつ気がかりなことがございます」

「申してみよ」

「大御所になられれば幕府は治まりましょうが、太上天皇になられては反発が大きいのではないでしょうか」

「余は朝廷の権威をおかすつもりはない。ただ、絶対的な力を得るために一時的に地位を借りるだけじゃ。目ざす国造りができたなら、帝となられた五の宮に引き継いでいただく。それで良かろう」

信長はもう一度顔を洗うと、風呂から上がって小姓たちに湯上がりの世話をさせた。

家康も後につづいたが、湯船を出るなりふらりと目まいがした。夢中で話に聞き入っていたので気付かなかったが、湯につかりすぎてのぼせていたのだった。

翌十三日には大宮を夜明け前に出て、浮嶋ヶ原を通って富士川を渡り、田子の浦、三保の松原などを見物して、穴山梅雪の居城である江尻城に泊まった。

十四日は江尻城を夜の間に発って、安倍川をこえ、武田勝頼が拠点のひとつとした持舟城を見物した。

そこから宇津ノ谷を通って藤枝の宿に入り、田中城に泊まった。

十五日は夜明け前に田中城を出て大井川をこえ、小夜の中山を通って掛川城に泊まった。

十六日にも夜明け前に出発。高天神城や馬伏塚城など、武田勢との激戦の舞台となった城を見物し、天竜川にたどり着いた。

　ここは川幅も広く水量も多い街道一の難所だが、家康の家臣たちは川に大綱を張って船橋をかけていた。

「おお、何と見事な」

　信長は橋のたもとに馬を止め、満足そうにながめやった。

　天竜川は幅二町（約二百二十メートル）を優にこえる。川の流れが速く船で渡るのも容易ではない。その川に掛けられた船橋が、少しのたわみもなく真っ直ぐにつづいていた。

「お誉めをいただき、かたじけのうございます。それがしがお先を務めさせていただきますゆえ」

　家康は馬を乗り入れて安全なことを示そうとした。

「待て、家康」

「ははっ、何か」

「馬で渡っては、これだけの橋を渡してくれた者たちにすまぬ。歩いて行く」

　信長は家康を脇に従え、あたりの景色を楽しんだり警固の者たちに声をかけたりしながら橋を渡った。

この夜は浜松城に泊まったが、ここでも信長は驚くべき行動に出た。

弓衆、鉄砲衆五百ばかりを残し、他の者は先に帰るように命じたのである。

〈爰にて御小姓衆・御馬廻悉く御暇下され、思ひ〳〵本坂越え今切越えにて、御先へ帰陣なり。御弓衆・御鉄炮衆ばかり相残り御伴なり〉

『信長公記』はそう伝えている。

これは家康に全幅の信頼をおいていることと、もはや軽装で旅ができる平和な時代が来たことを身をもって示すためだった。

「見ておれ、家康。余は安土にもどり将軍宣下を受け次第、足利義昭を亡ぼして天下を統一する。その後にどんな国をきずくか、楽しみにしておくが良い」

信長は自信と覇気に満ち、行列の鈍さがもどかしいようだった。

十七日には浜松城を夜明け前に出て、今切の渡を船で渡り、汐見坂をこえて酒井忠次の吉田城に泊まった。

十八日、吉田城を出て豊川を渡り、本坂街道を通って松平氏ゆかりの宝蔵寺で昼食をとり、岡崎城を見物してから矢作川を渡った。

家康はここで水野忠重に警固の役を引き継ぎ、信長と別れた。
本能寺の変が起こったのは、それから四十二日後のことだった。

（第五巻につづく）

解　説

大矢博子

歴史小説にも流行がある。

戦後の復興から高度経済成長を経てバブルへ向かう昭和の頃は、上へ上へ、前へ前へという時代の波に押されるかのように、天下を目指す英雄たちの物語が多く書かれた。特に当時の特徴として目を引くのが、何巻にも及ぶ長尺物の一代記である。

たとえば司馬遼太郎『竜馬がゆく』（文春文庫・全八巻）、『坂の上の雲』（同・全八巻）、山岡荘八『徳川家康』（講談社山岡荘八歴史文庫・全二十六巻）、『織田信長』（同・全五巻）、新田次郎『武田信玄』（文春文庫・全四巻）、海音寺潮五郎『西郷隆盛』（角川文庫・全四巻）、池波正太郎『真田太平記』（新潮文庫・全十二巻）

などなど。戦前、『宮本武蔵』（講談社吉川英治歴史時代文庫・全八巻）で人気を博した吉川英治も、戦後に『新・平家物語』（同・全十六巻）や『私本太平記』（同・全八巻）など大作を発表している。この頃はサラリーマンがこれらの歴史小説を通し、「目指すべき経営者像」を歴史上の偉人に求めるという風潮も見られた。

だが、平成に入って風向きが変わった。バブル崩壊以来長く続く不景気の中、長尺の英雄一代記は影を潜め、従来とは異なる視点の歴史小説が書かれるようになったのだ。英雄を支えた人物だったり中央には出てこなかった武将だったりという、それまであまり主人公になることのなかった人物に焦点を当てたもの、あるいは歴史的事件の新解釈などである。

大河ドラマの主人公を見るとわかりやすい。昭和は信長・秀吉・家康といった三英傑に加え、伊達政宗や武田信玄のような有名武将が多く取り上げられた。しかし二〇〇〇年以降を見ると、黒田官兵衛や直江兼続、山本勘助のようなナンバー2の位置にいた者、天璋院篤姫、新島八重、井伊直虎といった女性、山内一豊の妻や前田利家の妻、吉田松陰の妹ら英雄の家族、真田信繁や明智光秀のような敗者……。一国一城の主は姿を消し、組織の中での自己実現を描いた話が増えているのがおわかりだろう。

こういった流行の変化は時代の要請によるものだから、別に悪いことではない。ただ書評家として困るのは、三英傑レベルの有名人の生涯を詳しく知りたいという読者に基本書として薦められる歴史小説は、昭和に書かれた長尺物しかないということなのだ。坂本龍馬を知りたいと言われればいまだに『竜馬がゆく』になってしまうのである。半世紀以上前の作品で、新たな歴史研究がたくさん進んでいるにもかかわらず！

もちろんその後も坂本龍馬を、あるいは三英傑を描いた作品は多々出ている。後世に残る傑作・名作と呼べるものも多い。だが、人生の一部分を取り上げたものだったり、基礎的な情報を知っているのを前提に変わった切り口で攻めてくるものだったりが大部分で、「一代記を読みたい」という要求には合わないのである。

徳川家康も然りだ。山岡荘八の『徳川家康』は従来のタヌキ親父のイメージを一変させ平和を希求する人物として描いた名作ではあるが、約七十年前の作品だぞ？いつまでも山岡荘八でもないだろう、いい加減に誰か「一代記の新定番」を書いてくれ！

と、ややキレ気味に叫んでいたところに現れたのが、安部龍太郎『家康』である。これだ、これですよ。待ち望んでいた徳川家康の「新定番」になりそうな作品が、ようやく出てきてくれた。

前置きがかなり長くなってしまったが、本書は安部龍太郎『家康』の第四巻である。これまで、桶狭間での大敗に始まり、信長との同盟、三方ヶ原や長篠の戦いを経て、本書では徳川家康の三十五歳から四十一歳までの六年間が描かれる。そして家康四十一歳の天正十年、いよいよ次巻が本能寺の変だ。

つまり本書は、武田の「終わりの始まり」である長篠の戦いと信長の「終わり」である本能寺、ふたつの大きな歴史イベントの合間に当たる。この間、信長は将軍・足利義昭を後ろ盾にした本願寺派との戦い——いわゆる石山合戦に注力していた。秀吉・光秀・勝家といった信長配下の有名武将たちもこの石山合戦に駆り出されている。だがその中に家康の名前はない。ではこの六年、家康は何をしていたか。

ひたすら武田と戦っていたのである。

いや、この六年だけではない。本書に書かれているのは信玄が没し長篠で大敗してから武田家滅亡までの六年だが、第二巻で描かれた徳川と武田の駿河侵攻以来、実に十四年にわたって徳川と武田の争いは続いていたのだ。徳川家康前半生の最大の敵が武田であり、ついに本書でその戦いに終止符が打たれることになる。

その最後の六年が本書では臨場感たっぷりに描かれる。長篠のような華々しい合戦はなく、石山合戦にかかりきりの信長の援護も期待できない中、家康は諜報・調略を駆使し、長年の対武田の要衝だった高天神城を奪還する。その駆け引きが本書の読みどころだ。そして石山合戦の決着をつけた信長が満を持して甲州征伐に乗り出し、武田は滅亡。信長にとっても家康にとっても、ひとつの大きな山を越えたところで本書は終わる。まあ、そのあとに何が起きるかはご存知の通りだけれども。

その武田との戦いに絡んで、家康には大きな悲劇があった。正室・築山殿と嫡男・信康の粛清である。武田と密通したとして信長がふたりの処断を家康に命じたのだ。妻と子を自分の手で死に追いやる——家康の生涯の中でも最大の痛恨事と言っていいだろう。

これが本書の白眉である。

ふたりを死なせたことは（おそらくは痛恨事であるがゆえに）徳川の史料で詳し

く書かれたものは見当たらない。そういう場面こそ小説家の腕の見せ所だ。安部龍太郎は、武田との駆け引きが続く中でこれに先立って起きた大賀弥四郎事件と築山殿・信康の一件を、山岡荘八の手法とはまた違った方法で結びつけてみせた。のみならず、高天神城奪還に時間がかかった理由を、この一件が家康に残した傷ゆえだとしたのだ。これには舌を巻いた。史実と史実の隙間を人の営みでつないだものが歴史小説だとするなら、この「つなぎ方」はまさに安部龍太郎がこうと決めた徳川家康像の象徴のようなものだ。

歴史上の人物を描くとき、どういう人物だと設定するか——それは小説のテーマにもかかわる重要な問題である。安部龍太郎は本シリーズで家康を「悲しみを知る」人物として描いている。人質の経験、桶狭間で利用されたこと、三方ヶ原での大敗、伯父・信元の切腹、そして妻子誅殺。辛いこと、悔しいこと、情けないことがある度に、それを「忘れない」人物として描いている。負けた側の無惨さをしっかり描写し、それに対して家康がどう感じるかまで筆を割くのはそのためだ。忘れない悔しさや悲しみが積み重なって家康という人間を作っていく。変えていく。本書はその転換点にあると言っていい。悲しみを積み重ねてできあがる天下人——それが安部龍太郎の描く徳川家康なのである。

もうひとつ、本シリーズで注目すべきは背景に世界の大航海時代を据えたという点にある。世界そのものが大きく変わる中、日本だけが蚊帳の外であったわけがない。ポルトガルやスペインの文化が入り、技術が入り、宗教が入り、価値観が入ってくる。鉄砲という新しい武器を多く持った方が勝てるとなったとき、軍の強さを保証するのはどこまで流通を支配できるかだ。

そういった世界とのかかわりや経済から歴史を読み解いた安部史観は、たとえば近年では宗教と外交という点から大友宗麟を描いた『宗麟の海』（ＮＨＫ出版）や、貨幣経済の発展と農本主義から重商主義への変化を背景に南北朝時代を描いた太平記三部作『道誉と正成』『義貞の旗』（ともに集英社文庫）、『十三の海鳴り』（集英社）などの作品にも見てとれる。

本シリーズでもすでにここまで、信長が目指す新たな世界が経済の面から何度も紹介されてきた。そのグローバルな視座は従来になかった信長像であり戦国時代像である。その信長の薫陶を受けてきた家康が、本書で芽生えた反感も含め、この後どう変わるのか。

この第四巻までは単行本『家康　自立篇』『家康　不惑篇』（ともに幻冬舎）の分冊再構成であり、すでに内容をご存知の読者も多いだろうが、これ以降は新聞に連載されたものがそのまま第五巻・第六巻として文庫化される。信長との蜜月（？）時代も終わりに近い。次巻はついに本能寺、そして神君伊賀越えだ。実にわくわくする。

新たな史観と解釈に基づき、最新の研究にも目配りされ、それでいて基本的な家康の生涯は奇を衒(てら)わずしっかり押さえる。本シリーズが家康一代記の「新定番」と呼ぶにふさわしい理由がおわかりいただけたことと思う。いや、焦るな。「新定番」と呼ぶのは完結するまでとっておこう。その日が今から楽しみでならない。

――文芸評論家

この作品は二〇一八年十月小社より刊行された『家康（二）不惑篇』を二分冊し、副題を変えたものです。

家康（四）

甲州征伐

安部龍太郎

令和2年10月10日　初版発行
令和3年1月25日　3版発行

発行人――石原正康
編集人――高部真人
発行所――株式会社幻冬舎
〒151-0051東京都渋谷区千駄ヶ谷4-9-7
電話　03（5411）6222（営業）
　　　03（5411）6211（編集）
　振替00120-8-767643
印刷・製本―中央精版印刷株式会社
装丁者――高橋雅之

幻冬舎時代小説文庫

ISBN978-4-344-43033-4　C0193　あ-76-4